光文社文庫

戦国十二刻　終わりのとき

『戦国24時　さいごの刻《とき》』改題

木下昌輝

光　文　社

目次

お拾い様

慶長二十年（1615）五月六日
酉の刻（午後6時頃）
この十二刻（24時間）後、
大坂城は落城する。

天守閣の最上階から、豊臣秀頼《とよとみひでより》は大坂の地を見下ろしていた。かつてあった外堀はなく、砂色の太い線が引かれたかのようだ。傷ついた兵たちが行列を作りつつ秀頼の足元へと集う様は、虫の死骸を運ぶ蟻を思わせる。

夏の太陽が西の海へと接しようとしており、天守閣が長い影を東へと落とす。いずれ徳川《とくがわ》の葵《あおい》の旗指物が、秀頼のいる大坂城を囲むはずである。最後の戦いに昂《たかぶ》る気持ちも、滅亡に無念と思う心もない。老僧のように醒めた心地で、秀頼は己の境遇を見つめていた。

「お拾い様、お拾い様」

秀頼の耳に、女人のかすかな声が聞こえてきた。振り返ると、ミシリと床板が鳴る。当然だろう。六尺五寸（約百九十七センチメートル）、四十三貫（約百六十一キログラム）の堂々たる体軀《たいく》に、煌《きら》びやかな梨子地緋威《なしじひおどし》の鎧《よろい》を秀頼はまとっているからだ。その姿は大地を弱々しく歩く豊臣方の敗残兵からもわかるようで、所々で流れが滞るようにして人が集まり、こちらを指さしたり拝んだりしている。

また、「お拾い様」という女人の声がかすかにした。

「母が呼んでいる」

秀頼の足元で跪《ひざまず》く従者たちが、怪訝《けげん》そうな表情をつくった。

「私のことを、〝お拾い様〟と呼んでいる。ほら、聞こえぬか」

秀頼は小さい頃から、「お拾い様」と呼ばれていた。拾った捨て子は育つという俗信を、父である豊臣秀吉《ひでよし》が信じたからだ。秀頼が生まれた時、豊臣秀吉は九州の名護屋《なごや》にいたが、上方の淀殿《よどどの》らに文を送り、こと細かく指示を出した。生まれたばかりの秀頼を道に置いて、わざわざ松浦弥左衛門《まつらやざえもん》という馬廻衆《うままわりしゅう》に拾わせたのだ。そのために、秀頼は「拾」という幼名を得るのだが、秀吉は皆に「お拾」や「お拾い様」と敬称で呼ぶことを禁じた。呼び捨てることで、捨て子の強さを取り込もうとしたのだ。

だが、それは秀吉存命中に唯一守られなかった天下人の命令になった。秀頼可愛さに、父である秀吉や淀殿も「拾」ではなく、「お拾い様」と呼んだからだ。

今も母や女房衆たちは、親しみを込めて秀頼のことを「お拾い様」と口にする。その母の声が、秀頼の耳に確かに届いていた。

「どこじゃ、まさかお拾い様は城外に出たのか」

甲高い声が届いて、従者たちもやっと淀殿が近づきつつあることに気づいた。

「おお、今やっとこの耳に淀殿の声が届きました。素晴らしき母子の情でございますな」

感心する従者の声を、秀頼は微笑と共に制した。階《きざはし》を踏む音がしたからだ。濃い血の匂いがするということは、母ではない。血雫《ちしずく》だろうか、水滴が落ちるような音も聞こえてくる。

「何者か」

従者の誰何《すいか》する声に現れたのは、ひとりの血だらけの武者だった。背には何本もの矢が突き刺さっている。崩れ落ちるようにして、秀頼の前に跪いた。たちまち床板が血で汚される。

「む、無念です」

男は、秀頼の側近の木村重成《きむらしげなり》らと共に討って出た近習《きんじゅ》のひとりである。昼の合戦で、木村らは奮闘虚《むな》しくほとんどが討ち死にした。

「こ、これは木村様の形見でございます」

懐から血で濡れた遺髪を取り出した。従者が懐紙を手にして受け取る。

「負けを恥じることはない。手強《てごわ》い内府《ないふ》（徳川家康《いえやす》）を相手に、よくぞ生きて帰ってきた」

秀頼の労《ねぎら》いの言葉に、男は目を剝《む》いた。

「我らは内府めに負けたのではございませぬ」

赤く濡れた歯を見せて叫ぶ。それだけで、体のあちこちから血が弧を描いて飛んだ。

この男は助からぬ、と秀頼は思ったが、意志の力で表情には出さなかった。また、「お拾い様はどこじゃ」という母の声が聞こえてきた。どうやら最上階を目指しているようで、階を軋《きし》ませる音も聞こえる。

淀殿の声を聞いて、男の顔が激しく歪《ゆが》んだ。血がさらに噴き出す。

「我らは内府に負けたのではない。愚かな女によって滅ぶのだ」

血だらけの拳を床に叩き付けた。

「愚かな女に采配を任せたのが、敗因でございまする」

従者たちの顔色が一瞬で変わる。この武者は、秀頼の母の淀殿に滅亡の責があると言っているのだ。

「無礼であろう」

従者が腰の脇差に手をやろうとした。それを秀頼は押しとどめる。もう、この男は長くない。本音を吐き出すことで生への未練が軽くなるなら、聞いてやろうと思った。

いや、言葉を遮らないのは他にも理由がある。男の言うことには、誤りがひとつもないからだ。

「淀殿さえ、おらねば我らは勝っていた。お拾い様、ご無念はお察ししますぞ。これほどの将器《しょうき》を持ちながら……」

そこまで言うのが限界だったようだ。武者は白目を剝いて、床に突っ伏した。かすかに肩が動いているので、気絶しているだけのようだ。

「その者の言う通りだ。母は愚かだ」

従者たちが驚いて見上げる。心中の言葉だったが、口から漏れてしまったようだ。

秀頼は、弁明のかわりに命令を発した。

「この者を運んで手当してやれ。今、すぐにだ」

数人の従者が男を担ぎ運び出す。

確かに母は愚かだ。男の残した血溜まりに向かって、静かに呟《つぶや》く。

勝ち目がないにも拘《かかわ》らず、家康に歯向かい、関ヶ原、大坂の陣とあらゆる局面で判断を誤った。豊臣家を滅亡させるために徳川が兵を挙げて大坂に迫ると、明らかに敵の間諜である織田有楽斎《おだうらくさい》や織田信雄《のぶかつ》を重用した。淀殿にとっては、叔父であり従兄《いとこ》である。周囲の反対を押し切った末の登用だったが、滅亡を目前にして、ふたりは大坂城にはいない。

なにより大筒の音に屈して、有利に進んでいた戦《いくさ》をむざむざと和睦へと持ち込み、外堀だけでなく内堀さえも埋《う》められてしまった。淀殿の決断のことごとくが、秀頼を縛《いまし》める鎖へと変じている。

「お拾い様はどこじゃ」

また声が聞こえてきた。血溜まりを見られると厄介なので、秀頼は自ら階を降りる。

「おお、お拾い様、そんなところにいたのか。真田《さなだ》や毛利《もうり》にそそのかされて、城の外に出てしまったのかと心配しましたぞ」

絹のように白い肌に、長く艶やかな黒髪が印象的な女がいた。体を薄い甲冑《かっちゅう》で包み、腰には剣を勇ましく佩《は》いていた。

だが、物々しい武装とは対照的に、女人の顔には深い皺が幾本も刻まれていた。

「よかった。もし、お拾い様が城外に出ておったらと思うと」

秀頼の足元にすがりつくようにして、淀殿は近づいてきた。潤んだ目で見上げ、両肩を激しく震わせている。細い手を秀頼へと向けてきたので、肉の厚い掌で包んでやった。

母の表情が弛緩するのがわかる。そうなると皺は薄くなり、五十を目前にした女ではなく、三十代と言われても不思議ではない若々しさを取り戻す。

何と、弱く愚かな母であることか。

だが、これでいいのだ、と秀頼は思う。

母は哀しい人だ。伯父の織田信長《のぶなが》に、父である浅井長政《あざいながまさ》と兄の万福丸《まんぷくまる》を殺された。その後、産みの母のお市《いち》の方が再婚した柴田勝家《しばたかついえ》のもとで育てられるが、それを攻めたのが後の秀頼の父である豊臣秀吉である。この時、淀殿は母であるお市の方を喪《うしな》っている。淀殿はお市の方との別離の時に、ある訓戒を受けたという。

——母のような不幸な女になってはいけない。

お市の方は、淀殿ら娘たちと離ればなれとなり、ひとりさみしく自害した。これほど哀しい末路があろうか。

この言葉が呪いとなって、淀殿を縛めている。事実、つい先程も秀頼を見失って、幼子のように狼狽《ろうばい》していたではないか。

秀頼を守ろうとする余り、滅亡の道を突き進んでいることに気づかない。

「ご安心下さい、拾はどこにも行きませぬ。何があっても母の側《そば》を離れませぬ」

「嗚呼《ああ》」

湿った喜声が、淀殿の喉から迸《ほとばし》った。秀頼の逞《たくま》しい首筋に抱きつく。

せめて己だけは母の側で共に死んでやろう。物心ついた頃から、秀頼はそう思うようになっていた。

それが、天下人に見初《みそ》められた不幸で愚かな母に対する、最大にして唯一の孝行ではないか。

大坂城落城の十一刻前
――五月六日　戌の刻（午後8時頃）

評定の間に足を踏み入れた秀頼は、思わず「おおぅ」と声を上げてしまった。昼から夕刻にかけての戦で、後藤又兵衛《ごとうまたべえ》、木村重成ら有力な武将を喪い、諸将たちは意気消沈しているかと思いきや、違ったのだ。

真田左衛門尉《さえもんのじよう》（幸村《ゆきむら》）、毛利勝永《かつなが》、長宗我部盛親《ちようそかべもりちか》、大野治長《おおのはるなが》らの着込む甲冑は、確かに傷だらけである。が、眼光は獲物を見つけた狼のように鋭い。

「此度《こたび》の敗因は、ただひとつ。我らの行く手を霧が遮ったからだ」

六文銭をあしらった赤い甲冑に身を包んだ真田左衛門尉が叫ぶと、居並ぶ諸将の全てが頷《うなず》いた。

「某《それがし》は追撃する徳川勢を殿《しんがり》で食い止めたが、何程のこともなかった」

真田左衛門尉の言葉に喝采が起こる。

「左衛門尉殿の言う通りだ。士気においてはこちらが上」

「さらに勝手知ったる大坂の膝元。勝機はこちらにあり」

怒鳴りつけるように言ったのは、毛利勝永と長宗我部盛親だ。

「そして、我が方には秘策がひとつある。のう、左衛門尉殿」

毛利勝永と長宗我部盛親に促されて、六文銭の鎧を着込んだ将が頷いた。ゆっくりと評定の間にいる男たちを見回し、最後に秀頼に視線をやる。

自然と皆の目も上座の秀頼に集中した。

「豊臣家総大将である右大臣（秀頼）様にご出馬いただく」

評定の間が一気にどよめいた。

「迫る徳川軍は、裏をかえせば内府めもこちらの采配が届く間合いに布陣するということ。大坂城の天守閣から見れば、内府めの旗指物を見つけるのも容易」

確かに、そうだ。逆に家康は豊臣方ほど高所には布陣できない。迫る豊臣の尖兵を、正確には把握できないはずだ。

「右大臣様を陣頭に士気上がる一団でもって、内府めの本陣に真一文字に切り込むのでございます」

真田左衛門尉の策に、何人もの将が膝を打った。笑みさえ広げている男もいる。

「お拾い様を陣頭に出すのは危ういが、ことここに至っては、それしか……」

真田左衛門尉らの強攻策にことごとく反対していた大野治長も、顎に手をやって考え込む。

真田左衛門尉の策は無謀だと、秀頼は看破した。と、同時にそれしか勝機がないのも事実だ。百にひとつも成功はしないだろうが、座していれば万にひとつも勝ち目はない。ただ滅ぶだけである。

天下人である父の豊臣秀吉とは似つかぬ、太く逞しい己の腕を撫《な》でた。薄い贅肉の下に厚い筋肉が隠されている。

秀頼は幼き頃から、数々の武芸で体を鍛えた。剣や居合は片山久安《かたやまひさやす》、薙刀《なぎなた》や棒術は穴沢《あなざわ》盛秀《もりひで》、弓馬は六角義弼《ろっかくよしすけ》、槍は渡辺糺《わたなべただす》という当代一流の達人たちが師匠である。剣や槍をとれば、豊臣方の誰よりも上手く操れるという自負があった。

士気に満ちた真田左衛門尉らの兵、そして大野治長ら古くから従う家臣団の忠誠、さらに己の武が加わり一丸となれば、あるいは奇跡が……。

己の手首を強く握りしめた。激しく脈打つ血管がわかる。ある覚悟と共に、口を開こうとした時だった。

「お拾い様を戦場《いくさば》に出すことはなりませぬ」

甲高い女人の声が、評定の間に侵入してきた。真田左衛門尉らの顔がたちまち歪む。

鎧の上に金襴《きんらん》の打掛を羽織った淀殿が、薙刀を持った侍女たちを引き連れやってくる。

いや、自身も細身の薙刀を握っている。

女性にしては長身な淀殿が、座る諸将を冷たい目で見下ろした。

「お拾い様を城外に出すなど、もっての外。そのような無謀な策を認めるわけには参りませぬ」

侍女たちが一斉に薙刀を床に打ちつける。

「で、ですが、このままでは、我らは滅びるだけです。総大将ご出馬とあれば、士気も上がり……」

歴戦の真田左衛門尉、毛利勝永らは、顔を真っ赤にして淀殿を睨《にら》む。

「そのことと、お拾い様の出陣はまた別のこと」

淀殿は、眉間に皺を刻んで真田左衛門尉を睨みつけた。

「お拾い様を戦場に出すことなく、勝つ策を考えるのがそなたたちの役目じゃ」

余りにも理不尽な要求に、真田左衛門尉ら外様《とざま》衆の体が震え出す。怒鳴りつけなかったのは、乞食同然の暮らしをしていたところを、淀殿に高禄で召し抱えられた恩があるからだ。

「お拾い様ご出陣などという危うい策を聞けば、冥府の太閤殿下がいかに哀しまれるか」

豊臣秀吉の名を出されて、真田左衛門尉は顔を歪めた。

「大野よ、お主もそう思うであろう」

淀殿は目を大野治長にやった。

「そなたの考えを申せ。わらわが、ここまで弁を尽くしても、お拾い様を出陣させる惨《むご》い策を取るのか」

大野治長は歯を食いしばっている。

「どうしたのじゃ。早う答えよ」

淀殿に促されて、視線が泳ぐ。この男も出撃すべきだと思っている。だが、淀殿の忠犬ともいうべき大野治長には、それを口にできない。

諸将の目差しが、徐々に一点に集まり出す。秀頼を、皆が注視し始めたのだ。

下を向いていた真田左衛門尉も秀頼を見た。次いで、困惑していた大野治長も目を向ける。最後に淀殿自身が秀頼を凝視した。

全ては己の判断に委《ゆだ》ねられていると悟る。

秀頼は目を閉じる。腕を組んで、黙考した。

脳裏に蘇《よみがえ》ったのは、声だった。

『お拾い様、どこへ行くのじゃ』

母である淀殿の狼狽する声だ。去ろうとする秀頼の逞しい背中に、必死に伸びる細い腕。声を嗄らし、目を真っ赤に腫《は》らして、「行ってはならぬ」と泣き叫んでいる。

思わず胸に手をやる。広がった痛みに、顔が固く強《こわ》ばった。

母を哀しませることはできない。

瞼《まぶた》を上げると、やつれた淀殿の顔があった。

目は落ち窪み、体は恐怖で激しく震えている。

お市の方が豊臣秀吉によって殺された時も、きっとこんな風に怯《おび》えていたのだろう。

「私は城を出ぬ」

落胆の声が、評定の間に満ちた。肩を落とす諸将とは対照的に、淀殿の顔には花が咲くように安堵の笑みが広がる。涸れていた肌にも潤いが取り戻された。

大坂城落城の十刻前
――五月六日　亥の刻（午後10時頃）

評定の間を去る諸将たちの様子から、激しい憤りを内包しているのがわかった。何人かは目に涙を溜めている。

死ぬのが怖いから泣いているのではない。秀頼出馬という唯一の策を捨てねばならぬ無念さに哭《な》いているのだ。武士として最善を尽くし切れなかったことを悔いている。

「すまぬ」と、秀頼は口の中だけで呟いた。

視界の隅では、淀殿が退室しようとする将たちを睨んでいる。秀頼には決して近づけぬ。出陣を直訴することは万が一にも許さぬ。そんな気迫が滲《にじ》んでいた。

子犬を守る母犬のようではないか。その想いが豊臣を滅ぼすというのに。

滑稽で愚かだ。

だからこそ、はてしなく哀しい。

突然のことだった。

淀殿の目が大きく見開かれる。闘志さえ滲ませていた瞳が、たちまち乱れ出す。

何があったのだ。秀頼は母の視線の先を手繰《たぐ》るように見ると、灰色の髪に傷だらけの月代《さかやき》が印象的なひとりの老武者が座していた。

あれは松浦弥左衛門か。

豊臣家に古くから仕える人物である。秀頼とも因縁がある。捨て子として道に置かれた秀頼を拾う役割を担い、母以外で最初に秀頼の肌に触れた男だ。

松浦〝弥左衛門〟重政《しげまさ》は、秀吉の馬廻衆として、地味ながらも確実に功を上げる武者だった。関ヶ原では西軍につき一時敗死の噂が流れたが、どうやら身を隠し浪人していたようだ。大坂の陣では馳《は》せ参じてくれた。昨年の東軍との鴫野《しぎの》・今福《いまふく》の戦いでは、一番首と兜首《かぶとくび》のふたつの手柄を上げたほどだ。

初めて己を抱き上げた武者が、最後に評定の間に残る。何という因縁であろうか。だが、秀頼の胸によぎったのは皮肉や虚しさではなく、郷愁に似た想いだった。

伏見での家康との会談などの例外を除き、秀頼は物心ついた時には下界から隔絶した大坂城にいた。愚かな母の檻《おり》の中に飼われていたともいえる。

秀頼には故郷はない。が、もし、それを探すとすれば、赤子の己を見つける芝居をし、抱き上げた松浦弥左衛門の胸こそが、そうではないか。

ひとり残った老武士は、巌《いわお》のような表情で誰もいなくなった壁を見続けている。まるで何かに必死に抗《あらが》うかのように。

「松浦」と、母と同時に呼びかける。それでもなお、前を睨みつけたままであった。

淀殿がよろけるように秀頼の前へ出て、松浦弥左衛門との間に立ち塞《ふさ》がった。母が握る細身の薙刀が小刻みに震えている。

「何をしておる。早う持ち場に戻りなさい。そなたは亡き木村の兵を率いる立場のはず」

松浦弥左衛門は、戦死した木村重成の与力として従っていた。

「右大臣様にお頼み申し上げまする」

淀殿を無視して、松浦弥左衛門は胴間声《どうまごえ》を発する。顔は壁に向けたままだ。

「滅びは必定《ひつじょう》なれば、せめて最後は武者たちの心を汲《く》んで、ご出陣を……」

「お黙りなさい」

淀殿の金切り声が、秀頼の鼓膜に爪をたてる。

「お拾い様は、決して城の外に出しませせぬ」

薙刀を持った侍女たちが立ち上がり、淀殿を助けるように躙《にじ》り寄った。

それでも松浦は、表情を変えない。視線を壁へとやり続けている。まるで秀頼ではない誰かと喋《しゃべ》っているかのようだ。

「すまぬ、松浦よ。儂《わし》は城に残る。そう決めたのだ」

老武士の顔に深い皺が刻まれた。秀頼へ向き直り、深く一礼して静かに出口へと向かう。

他の諸将とは様子が少し違う。真田左衛門尉や毛利勝永らは、淀殿や秀頼への憤りを持て余しつつ退室していった。松浦も激してはいるが、それは外には向いていないようだ。

松浦は己自身に憤っているのではないか。

潰れるかと思うほどに握りしめた老武者の拳を見て、秀頼はそう訝《いぶか》しんだ。

大坂城落城の九刻前
――五月七日　子の刻（午前0時頃）

　豊臣秀頼は従者たちを引き連れて、大坂城の各陣を回った。空には満天の星があり、そびえる大坂城の天守閣がうっすらと浮かび上がっている。寝そべっていた兵たちが秀頼を見るなり起き上がり、両手を合わせたり、地に顔をつけたりする。

「みな、昼の戦で疲れたであろう。楽にせよ」

　従者越しに声をかけると、たちまち兵たちの瞳が潤み出す。陣中見舞いは誰にも言っていない。公にすれば、きっと淀殿が止めに入ると思ったからだ。突然の天下人の来訪に、皆がむせび泣く。

「これ、大騒ぎするな。母上に気づかれたら、叱られるゆえな」

　そう言って口元に人差し指をやると、兵たちは涙を流しつつ破顔した。

　秀頼にできるせめてものことだった。明日の決戦で、多くの兵たちが死ぬ。城だけでなく町さえも包囲する徳川軍の陣容から、町人も多く犠牲になる。声をかけて、今日の戦に生き残ったことを労ってやることが、総大将の己にできる唯一のことだ。

「お情け深い総大将様よ」

「まさに天下人にふさわしい風格だ」

静かなざわめきが場に満ちる。

ふと目差しを感じた。矮軀《わいく》の雑兵がこちらを見ている。首から永楽銭の飾りをぶら下げて、右手には浅葱の布を巻きつけていた。まだ若い。秀頼と同じ年頃だろう。なぜか、無視しがたいものがある。

「またしても、評定に口を挟んだのか。愚かな女め」

呻《うめ》くような声が秀頼の耳に飛び込んできた。矮軀の雑兵から目を離す。愚かな女とは、明らかに秀頼の母の淀殿のことだ。たちまち従者たちの顔色が変わり、腰の刀に手をやろうとする。

「よせ」と制止したのは、声に聞き覚えがあったからだ。夕刻、天守閣で秀頼に詰め寄った武者に違いない。まだ息があったのかと思うと嬉しい反面、このまま生きて落城を見るのは、果たして武士として幸せであろうかとも考えた。

「まさか、無礼者も見舞うのですか」

声のする陣幕へ秀頼が進んだので、従者が狼狽《うろた》える。

「豊臣のために戦った男を無下にはできん」

まだ躊躇《ちゅうちょ》する従者を横目に、自ら陣幕に手をやった。半ばまで開けたとき、秀頼の動きが止まる。

戸板には、血だらけの男が寝そべっていた。その横にひとりの老武者が佇《たたず》んでいる。灰色の髪と傷だらけの月代は、松浦弥左衛門だ。

瀕死の男は命を吐き尽くすように、松浦弥左衛門へ必死に叫びかける。

「この期に及んで、あの女は右大臣様のご出馬を止めたのか。愚かとは思っていたが、これほどまでとは思わなんだ」

激しく震える総身は、痛みではなく怒りのためだと容易に察することができた。さすがの秀頼も見舞うことを躊躇《ためら》われ、開けた陣幕を閉じようとした。

「それは違うぞ」という声がして、腕が止まる。幕の隙間から目をやると、松浦弥左衛門が傷ついた武者に語りかけていた。

「あのお方は……淀殿は決して愚かではない。いや、あのお方ほど賢い女人はおらぬ。恐ろしいまでにな」

評定の間にいた時と同じ、睨みつけるような視線だった。

「あのお方は、今日この時があることを正しく見抜いていた。これも信長公の姪御という血がなせる業《わざ》か。淀殿の智には、さすがの内府めも……」

松浦弥左衛門が言葉を途切らせたのは、傷ついた男が首を持ち上げたからだ。腕を必死に浮かせて、欠けた指で陣幕の陰にいる秀頼をさした。

「う、右大臣さま」

振り向いた松浦弥左衛門の顔がたちまち強ばる。

「よ、よくぞ、参られました。今すぐ、陣を打って出ましょう。拙者と共に先陣へと立つのです。さすれば」

そこまで言って男は気を失い、腕と首が力なく戸板の上に落ちた。

「松浦」と呼びかけようとした時、「誰か気付け薬を持って来い」と、老武者に機先を制される。

「右大臣様、わざわざの陣中見舞い、感謝いたします。この者、ながく豊臣家に仕えた功臣なれば、必ず助けたいと思っておりまする」

乱暴に頭を下げて、松浦弥左衛門は秀頼の前を横切った。

「医師を呼べ、儂は行李にある薬を持ってくる」

まるで秀頼から逃げるように、松浦弥左衛門は去っていく。

大坂城落城の三刻前
——五月七日　午の刻（午前12時）

天守閣の前にそびえる桜御門《さくらごもん》に、秀頼の本陣があった。天守ほどではないが、門からも戦場の様子がよくわかる。嵐の中の木立のように、徳川軍の旗が激しく揺れていた。力尽きたかのように、いくつかの旗指物が倒れ始めるではないか。

一方の豊臣軍の旗は、前へ前へと進んでいる。

その先頭にあるのは、六文銭の旗印と真紅の甲冑をまとった軍団だった。真田左衛門尉の一団が、徳川の陣を次々と打ち破っていく。

秀頼の本陣からも、崩れようとする徳川陣の様子がよく見えた。近習や従者が思わず立ち上がる。

「厭離穢土《えんりえど》欣求浄土《ごんぐじょうど》」の徳川家康本陣を示す旗指物が、不穏に揺れていた。赤い軍団の矛先は、家康の本陣を貫く勢いでまっすぐに突き進んでいる。

「ご注進」

陣幕を撥《は》ね上げて、ひとりの兵が飛び込んできた。赤備《あかぞな》えということは、真田左衛門尉の配下の侍である。体のあちこちから、甲冑よりも赤い血を噴き零《こぼ》していた。秀頼の前へと近づき、膝をつく。

「主《あるじ》、真田左衛門尉からのご注進でございます。内府めの陣はすぐそこ。守る旗本はわずか」

近習の何人かが拳を振り、喝采を上げた。

赤い唾をまき散らし絶叫を続ける。

「今をおいて好機はなし。右大臣様、ご出馬をご決断下さいませ。総大将出陣と聞けば士気上がり、必ずや内府めの首を取ることもできましょう」

秀頼の体軀を、血が勢いよく駆け巡った。握る拳が震える。今、まさに奇跡が起きようとしているのではないか。

「なりませぬ」

秀頼が唇を動かそうとした時だった。淀殿が、秀頼と使者の前に立ち塞がる。手には、またしても細身の薙刀が握られていた。

「お拾い様を出陣させるなど、もっての外です」

淀殿の持つ薙刀が、夏の太陽を反射させた。

「そのような危うい策に、太閤殿下のご嫡男をさらすわけにはいきませぬ」

細い喉を震わせて金切り声で叫ぶと、使者の顔が激しく歪む。

「今、豊臣勢は内府めの旗本に迫らんとしております。見えぬのですか」

腕を伸ばし、使者は戦場を指さす。

「なればこそです」

薙刀の石突きで、淀殿は地を強く打ちつけた。

「お拾い様が大坂城の本丸に鎮座しているからこそ、徳川勢は怯《ひる》み、真田らが突き崩せているのです。この場を動けば、必ずや形勢が逆転します」

あまりの愚論に、使者は口を開けて血で濡れた歯を露《あらわ》にした。さすがに近習たちも険しい顔で淀殿を見る。侍女たちもヒソヒソと何事かを囁《ささや》き始めた。誰の目にも、今以上の好機はないとわかる。

無言の圧が、淀殿と秀頼に押し寄せる。

さすがの淀殿も半歩、後ずさった。母の細い両肩が震え始める。

淀殿が折れるのか。そう思った時だった。

「お拾い様を出馬させぬとは、言うておりませぬ」

意外な言葉を、淀殿が発する。

「おおお」と、赤備えの使者が喜声を漏らす。

「だが、今はいけませぬ」

淀殿は血走った眼《まなこ》で周囲を睨みつけた。

何を言ったか理解できず、場を重い沈黙が支配する。

「今少し戦況を見極めます」

やはりな、と秀頼は思った。

母が己を戦場に出すはずなどない。

「勝敗が決していない今は、危うくてお拾い様を出陣させるなどできませぬ」

使者は決死の形相で、「それは違いまする」と反論する。

「味方の勢いは、死兵なればこそでございます。すぐに力尽きます。なればこそ、今この時に総大将自らご出馬して……」

「力尽きるならば、なおさらお拾い様を出馬させることはならぬ」

淀殿は両手を水平にして、秀頼を隠すようにして立ち塞がった。

「なりませぬ。お拾い様を出陣させるなど、いけませぬ。どうしてもというならば、わらわを殺してからになさい」

淀殿は震える腕で細身の薙刀を操り、周りを薙《な》いだ。

近習は目を地面へ落とし、侍女たちでさえも唇を噛む。

大坂城落城の二刻前
——五月七日　未の刻（午後2時頃）

その間も、次から次へと前線の軍から使者が飛び込んでくる。皆、口々に秀頼出馬を乞う。だが、淀殿は半狂乱に「否」と繰り返すばかりだ。唾を醜く飛ばしつつ、「お拾い様を出陣させること、決してなりませぬ」と絶叫する。

「嗚呼」と、力なく秀頼は呟いた。

倒れそうになっていた徳川の旗指物が、次々と息を吹き返しているではないか。対照的に、豊臣方の旗は戦塵の中に消え始める。

秀頼の様子を察した使者たちが後ろを向いた。

いつのまにか、豊臣の旗のほとんどが倒れている。

秀頼は瞑目《めいもく》した。

「ウフフフ」と、惚《ほう》けたような笑い声が聞こえる。

淀殿の狂ったような笑声が耳に届く。

「見よ。わらわの言う通りじゃ。もし、お拾い様が出陣していれば、今頃、戦場で行方知れずとなっていたはずじゃ」

ゆっくりと瞼を上げると、細身の薙刀にしがみつくようにして淀殿が立っていた。

やがて眼前の豊臣勢が瓦解し始める。

淀殿がまた奇声を上げた。

「豊臣の城が囲まれる。狸親父めの兵が攻め寄せる。太閤殿下がつくったものが滅ぼされる」

なぜだろうか。髪を振り乱す淀殿の姿は、まるで喜んでいるかのようだ。

大坂城落城の一刻前

──五月七日　申の刻（午後4時頃）

とうとう天守閣から火の手が上がった。本丸の桜御門の下から、秀頼はそれを見上げる。

徳川の軍はまだ城の外だ。出丸のあちこちで、敗兵が取り乱している。

豊臣方の兵が火をつけたのだろう。夜の帳《とばり》に抗うように、天守が火を噴いている。

目を周囲にやる。秀頼を守っていた兵が、いつのまにかいなくなっていた。女房衆とわずかな側近と小姓ばかりが残っている。

城が焼け落ちるより早く、見捨てられたか。

ガチャリと、何かが落ちる音がした。

見ると、母の淀殿が薙刀を手放し、立ち尽くしている。燃える天守を見つめていた。どうしたことだろうか。その肌が徐々に若返っているかのようだ。はりと潤いが付加される。美しく自失する淀殿に忍びよる影があった。女物の打掛を頭に被っているのは、降りかかる火の粉を防ぐためか。

いや、違う。

打掛を握る指は節くれ立っていた。あれは、武者の手だ。

打掛を撥ね上げるのと、秀頼が腰の刀に手をやるのは同時だった。

淀殿に振り下ろされる刀が、拳ごと宙に飛んだ。飛び散った血潮が、淀殿の頬を化粧する。

母は、何事かが起こったことに気づいた。

腕から血を流す刺客を見て、続いて眼球だけを動かして秀頼へと視線をやる。

「おおぉ、お拾い様」

秀頼は抜刀術で、刺客の手を撥ね飛ばしていたのだ。片山流の居合術である。

「母上、大事はないですか」

言いつつ、手を撥ね飛ばされた刺客の前に立ちはだかった。

「今すぐ、どこかへ去れば、命までは取らぬ」

刺客は暫時、敵意のある眼光を向けていたが、すぐに面を伏せて立ち上がった。よろけつつ、秀頼母子のもとから離れていく。

「右大臣様」

声がかかり、横を見るとひとりの老武者が立っていた。奮闘を物語るかのように月代には新しい傷がつき、赤く濡れている。松浦弥左衛門だ。手には抜き身の刀を持っているではないか。この男も刺客を斬ろうと抜刀したのだろう。

松浦弥左衛門は、呆然とした顔で秀頼を見つめている。

「なぜでございます」

血走った目で問いかけられた。

「なにゆえ、それほどの武を持ちながら、戦場に出なかったのでございますか」

松浦は十五年前の関ヶ原合戦で浪人したので、成長した秀頼の武芸を知らなかったのだろう。

「なぜ、みすみす才を死蔵させるのですか」

きっと松浦弥左衛門は、秀頼が母の言いなりになっていたのは暗愚と惰弱ゆえだと思っていたのだろう。

秀頼は苦笑を漏らしつつ刀を鞘《さや》にしまい、残っていた小姓に持たせた。そして地に落ちた細身の薙刀を摑《つか》み、母に渡す。

「なぜとは訊《き》くな。ただ、戦が怖くて城を出なかったのではない」

松浦弥左衛門にだけわかるように、母へと目配せした。淀殿は徐々に正気を取り戻しつつあるようで、転がった刺客の手首を見て唇を震わせ始めた。

「そこまで淀殿のことを……」

松浦弥左衛門は、秀頼の心中を察してくれたようだった。

ひとつ頷いて、三十人に満たなくなった部下や女房衆に目をやる。

「さて、天守は燃えた。静かな場所でも探して、皆で腹を切るか」

すぐ近くには、山里丸《やまざとまる》の出丸があった。大きな櫓《やぐら》があり、番兵は逃散したようで人の気配はしない。あそこなら、誰にも邪魔されないだろう。

「さあ、母上」

薙刀を持つ腕をとって歩き出すと、「お待ち下さい」と大声が響いた。

松浦弥左衛門が飛び込むようにして、秀頼の足元に跪く。血が流れる月代を大地に勢いよく打ちつけた。

「松浦、どうしたのだ。まさか止める気か」

「いえ、止めはしませぬ。ただ、生害《しょうがい》なされる前に、ひとつお伝えせねばならぬことがあります」

松浦弥左衛門は、地に向かって叫ぶ。

「今、この場でか」

「はい。実は、この松浦、殿のことをたばかっており……」

老武者の声が途中で止まった。

首筋に深々と刃物が突き刺さっている。細身の薙刀が、松浦の頸動脈を切断して、頸骨に達するまで深く食い込んでいた。

慌てて秀頼は横を見る。細い腕で薙刀を振り抜いた母がいた。

「お拾い様、この者の言うことに耳を貸してはなりませぬ」

そう言いつつ、薙刀を持つ手に体重を預ける。松浦は四肢を激しく痙攣《けいれん》させて、呻き声を血と共に大量に吐き出した。

「この者、先程、わらわを助ける振りをして、刺客と共にお拾い様を斬ろうとしておりました。松浦めも徳川の刺客に違いありませぬ」

異形の包丁でも扱うかのように、淀殿は薙刀を引いた。ゴリッと頸骨が砕ける音がして、松浦の首から激しく血が飛び散る。

「危ういところでした」

心底からの微笑《ほほえ》みを浮かべる淀殿のなんと美しいことだろうか。

「さあ、お拾い様、山里丸へと参りましょう。案ずることはありません。わらわの妹は徳川に嫁いでおります。今から使いを送り、助命を乞うのです。山里丸で待てば、きっと吉報がもたらされるでしょう」

淀殿は、残った女房衆と側近ひとりずつに目配せした。すぐに何人かが頷いて、使者として走る。

隠れ場所をわざわざ敵に教える愚策だが、秀頼は反対しなかった。心中だけで松浦弥左衛門に念仏を唱えて、燃え落ちる天守閣のある本丸を後にする。

大坂城落城の刻
――五月七日　酉の刻（午後6時頃）

山里丸の櫓から見える天守閣は、まるで巨大な線香に思えた。黒い煙は天上で白に変わり、暗さを増した空に溶けていく。

秀頼の心は静かだ。滅びは覚悟の上である。母と一緒に安らかに死ねることに、かすかな喜びさえ感じていた。

「右大臣様、徳川の兵です」

鉄砲狭間《ざま》の窓に張り付いていた小姓が小さく叫んだ。目を天守から下へとやると、徳川の兵たちが櫓を囲もうとしていた。手には巻き藁《わら》を持ち、次々と積み上げ始める。

助命は容《い》れられなかったか。

予期していたことなので、失望は微塵《みじん》もない。自害のゆとりさえを与えず焼き殺そうという徳川家康の考えを、逆に嘲《あざけ》ってやりたいぐらいだ。

「もはや、ここまででございますな」

小姓の言葉に軽く頷いて、窓に背を向ける。

「母上に最後の言葉をかけるゆえ、誰も部屋にいれるな」

返事のかわりに、小姓は泣き崩れた。

背後から火が爆《は》ぜる音がする。関東武者は気が早いな。そう思いつつ、母の控える部屋の戸を開けた。

板張りの部屋の隅に、淀殿は立っていた。窓辺に寄り添うようにして、囲む炎を見ている。鎧を隠すように打掛を肩にかけて、まるで在りし日のように佇んでいる。

進む秀頼の足が滞ったのは、淀殿が自身を焼き尽くす火を見て、寸毫《すんごう》も動揺していなかったからだ。平穏だった秀頼の鼓動が、急に苦しげに乱れ始める。

なぜだ、なぜ母は達観しているのだ。まさかこの期に及んで、まだ助かると思っているのか。

淀殿に近づく足が徐々に重たくなるのを止められない。

炎の灯りを受けて、茜《あかね》に輝く母の顔は妖艶だった。口の端が満足気に持ち上がっている。

「は、母上」

淀殿は、炎を見たままだ。まるで、秀頼など存在しないかのようだ。

さらに問いかけようとすると、淀殿の口が動いた。

「火を見れば、母が死んだ時のことを思い出します」

潤んだ目の尻が下がり、穏やかな表情はより滋味を増す。

「柴田が滅ぶ時、母であるお市の方はわらわにこう言った。『母と同じ哀しい道は決して歩むな』と」

秀頼は唾を飲み込んだ。初めて女人の裸体を見た時のように、激しく心の臓が胸を打つ。

「お市の方の——母の言いつけを守れたのが、何よりじゃ」

震える唇をこじ開けて、秀頼は言葉を絞り出す。

「私も、母と共に来世への旅ができ、息子としてこれ以上の孝行はないと思っております」

微笑んでいた淀殿の顔が歪んだ。苦しんでいるのか。否、違う。これは、嘲っているのだ。

「お拾い様、お主は何か勘違いをしているようじゃ」

淀殿の瞳に映る炎が、生き物のように蠢《うごめ》いている。

「我が母は何を一番に哀しんだと思う」

「それは……子と引き剝がされて死ぬことでございましょう」

秀頼の返答に、今度は音を立てて淀殿は嘲笑を発した。

「違う。母が狂わんばかりに哀しんだのは、わらわと離ればなれになったことではない」

目を炎に据えたまま、淀殿は言葉を継ぐ。

「母は嫡男の――わらわの兄の万福丸が信長公によって殺された時に、狂わんばかりに哀しんだのじゃ」

織田信長が義弟の浅井長政を滅ぼした時、お市の方が産んだ幼い嫡男を処刑したことを思い出した。淀殿がまだ五歳の頃のことだ。

「母は自らの命と引き換えに助命を乞うたが、許されなかった。逆に信長公は、もし母が自害すれば万福丸だけでなく、幼かったわらわや妹も殺すと脅した」

風が吹いて火の粉が大量に降りかかるが、淀殿は微動だにしない。

「そして母は、我が子の処刑を見届けねばならなかった。我が子を喪う以上の哀しみはないと、あの時幼かったわらわは悟った」

淀殿は唇に歯をたてた。赤い蛇のようなものが、口元から一筋落ちる。

「だから、誓ったのじゃ。必ず生まれた子は生かすと。豊臣の天下が砂上の楼閣なのはわかっていた。いずれ、徳川に乗っ取られる。そうなっても、必ず我が子は生き永らえさせると」

囲む炎はすでに櫓より高くなり、向こうの景色が見えぬほどぶ厚くなった。

「そして、わらわはそれを成した」

山のように立ちはだかる炎を、淀殿はうっとりと見上げた。

汗が噴き出るほどの熱さにもかかわらず、秀頼の膝が震え出す。

なぜ、淀殿は我が子である秀頼が非業の死を遂げようというのに諦観しているのか。

『淀殿は決して愚かではない』

脳裏に蘇ったのは、負傷する朋輩《ほうばい》に語りかける松浦弥左衛門の声だった。

『あのお方ほど賢い女人はおらぬ。恐ろしいまでにな』

さらに松浦の声がかぶさる。


——あのお方は、今日この時があることを正しく見抜いていた。


そう言っていなかったか。

秀頼の体軀が、大きく震え出した。一方の淀殿は、猛《たけ》る炎に向かって喋り続ける。

「我が子を生かすためならば、わらわは命など惜しくはないし、悪女愚妻と罵《ののし》られることも覚悟した」

秀頼を襲うのは震えだけではなくなっていた。息をするのさえ苦しい。

視界が激しく歪む。


——もし、淀殿と秀吉との間にできた子が、今この場にいなかったら。

秀頼の膝が床へと叩き付けられた。

——もし、淀殿の子の影武者が、身代わりと知らずにこの場にいたら。

思わず手を口にやったが、指をこじ開ける吐瀉物《としゃぶつ》を防ぐことはできなかった。

——もし、己が太閤秀吉と淀殿の間にできた子ではなかったら。

視界が地揺れにあったかのように、左右に激しく傾《かし》ぎ始めた。

「太閤の血は呪いじゃ。その血を継ぐ子がいると知れば、内府は間違いなくその子を殺す」

火の粉は淀殿の着る打掛にこびりついているが、振り払うこともせず語り続ける。

「それを防ぐためには、偽りの子を太閤の血を引くと信じさせるしかなかった。太閤さえ騙《だま》せれば、内府も間違いなく欺《あざむ》ける」

秀頼は激しく頭を振る。

「馬鹿げている。そんなことが、あるはずがない」

そう言ったつもりが、音として発せられることはなかった。

生まれてすぐに、己が松浦弥左衛門によって捨て子として拾われたことを思い出す。あれは芝居だと思っていたが、もしかして――

滅亡へと突き進む淀殿の数々の愚行が蘇る。関ヶ原以後に家康の見え透いた挑発に乗ったのは、影武者をまことの秀吉の子と思わせて確実に殺させるためではなかったか。そうすることで、本当の子の命を守ることができる。

明らかに内通者と思《おぼ》しき織田有楽斎や織田信雄を重用したのは、そうすることで彼らを徳川政権内で生かそうとしたのではないか。淀殿にとっては内通者をいれるなら、織田の血を引く一族の方が冥府のお市の方も喜ぶはずである。また、何かあった時に隠し子を助けることもあるかもしれない。

秀頼の出陣を頑《かたくな》に拒んだのは、野戦乱戦になることで秀頼が行方不明になることを恐れたのではないか。そうなれば家康は必死に秀頼を捜索する。その過程で、あるいは秀頼が影武者だとわかり、本当に太閤の血を引く子を見つけてしまうかもしれない。

豊臣家は、淀殿によってゆっくりと滅亡へと追いやられていたのではないか。

そして、影武者を徳川勢の衆人環視のもとで殺し、本当の子を危機から守る。

秀頼の考えが妄想でないことを、穏やかで美しい淀殿の横顔が証明している。

秀頼は這《は》うようにして淀殿へと近づき、すがりついた。炎はすでに櫓を包み、赤い壁が四方を囲っている。

「は、母上、教えて下され」

炎の灯りで血の色に化粧された淀殿が、初めて秀頼を見た。

「わ、私は、一体、何者なのですか」

淀殿は小首を傾げる。

「さあ」

恐ろしく重い荷が両肩にのしかかったかのようだ。

「知らぬ。そなたは、お拾い様ゆえな」

淀殿の着衣に炎が燃え移り、まるで色鮮やかな打掛を身にまとっているかのようだった。

秀頼はそんな淀殿を美しいと思いつつ、炎に焼かれたのだった。

天正十三年（1585）十月七日
申の刻（午後4時頃）
この十二刻（24時間）後、
伊達政宗は父輝宗を射殺する。

子よ、剽《ひょう》悍《かん》なれ

吹き抜ける奥羽《おうう》の風は冷たく、いつ雪が降ってもおかしくないように思えた。

寒風の中で、伊達《だて》〝藤次郎《とうじろう》〟政宗《まさむね》は火縄銃を構える。銃の床尾を通常の右頬ではなく左頬にめり込ませたのは、政宗が天然痘《てんねんとう》で右目を失明していたからだ。左目で目当《めあて》（照準）を覗《のぞ》くために、カラクリが左右反対の火縄銃を特別に誂《あつら》えさせている。

政宗の左半分の視界が歪《ゆが》む。手に持つ火縄銃が、体に馴染まない。重心がぶれて、狙いが定まらないのだ。

目の前には菱形の板がある。拳ほどの大きさの黒丸が塗られた的だ。間合いは十数間（約二十メートル）ほどだが、その倍以上に長く感じられた。

「ままよ」と呟《つぶや》いて、引き金を引く。轟音《ごうおん》と共に、寒風が吹き飛んだ。

背後に控える諸将の溜め息が、政宗の耳孔に注ぎ込まれた。銃弾は的を外れ、後ろに並べてあった土嚢《どのう》を射ち抜いたのだ。

火縄銃を持ったまま、後ろを睨《にら》みつける。

数えで十九歳の若造だ、と心中で侮っているのか。あるいは、片目ではこれが限界と諦めているのかもしれない。銃身から発せられる熱と身の内の怒りが、火縄銃を握る手で混じりあう。

三十代手前の穏やかな風貌をした武者が、膝をついた。

「手に馴染みませぬか」

白い息を吐きながら訊《き》いてくる。過去には政宗の守役《もりやく》も務めていた、腹心の片倉小十郎《かたくらこじゅうろう》である。

「ああ、狙いが右にぶれる。とんだ恥をかいたわ」

舌打ちと共に銃を渡した。

「ご心配には及びませぬ。お館《やかた》様の火縄の腕前は、先の小手森城《おでもり》の戦いで皆がしかと見届けておりまする」

片倉小十郎は、まるで朝餉《あさげ》の飯を一粒落とした程度に言う。

一月ほど前に、伊達政宗は敵対する大内《おおうち》家の小手森城を攻めた。厳しい調練を重ねた鉄砲隊を駆使して、瞬く間に落城せしめる。その峻烈な攻め方から、奥羽の周辺諸豪たちは「伊達家に八千挺の火縄あり」と噂するほどだ。もちろん八千挺の数は誇張であるが、政宗の卓絶した鉄砲隊の采配は、そのように畏怖されるに十分だった。

だけでなく、政宗は自身も銃を構え最前線で弾丸を放ち多くの敵を倒した。その時、あまりにも激しく射ち続けたために、銃身が熱を持ち、破裂してしまったのだ。新しく銃を誂えたが、使い慣れたものとはほど遠い。違和感ばかりが先についてしまう。

「きっと銃身が歪んでいたのでしょう。すぐに別の銃を誂えさせます」

「ああ、できるだけ早くな。このざまでは、家中に示しがつかん」

政宗が伊達家の家督を継いだのが、数えで十八歳の去年のことだ。まだ家中の信頼は得ていない。無様な銃の腕をさらし続けるわけにはいかない。

薄灰色の大黒頭巾を被った男が立ち上がった。歳の頃は、四十を幾つか越えた程度か。頬から顎にかけて生えた髭を、奇麗に整えている。

「どれ、子の仇《かたき》は儂《わし》が取るとするか」

鷹揚に言いつつ、政宗の横へと並ぶ。

伊達〝左京大夫《さきようのだいぶ》〟輝宗《てるむね》――政宗の実父である。昨年、家督を政宗に譲ったが、一線から退いた訳ではない。天皇が上皇となって朝廷を支配するように、いまだ伊達家の全権を握っている。

その証拠に、近寄ってきた小姓が伊達輝宗のことを「大お館様」と言って銃を恭《うやうや》しく差し出す。ちなみに、政宗は「若お館様」と呼ばれている。

父の輝宗は、利き腕の右手で銃を受け取った。政宗の横に控えていた片倉小十郎が、眉をわずかに撥《は》ね上げる。

「藤次郎、空けよ。儂が射ってみせよう」

嫌悪が表情に出ぬように一礼して、場を譲った。火縄に灯った火に息を吹きかけ、火縄挟みに取り付ける。そして構えた。父は口を真一文字に閉じて、引き金を引く。半瞬後に、目の前にあった菱形の的は粉々に砕け散った。

喝采の声が沸き起こる。

「お見事」とは、口が裂けても政宗は言わない。一月前の昔の銃なら、同じことは容易《たやす》くできた。

「しばし、親子水いらずで鉄砲放ちの時を持ちたい」

輝宗の言葉に、片倉小十郎らは火縄銃に新しい弾玉を装塡《そうてん》してから退《ひ》いた。前を向くと、新しい的がふたつ立っている。

「藤次郎よ、小手森では派手にやったな」

的に目をやったまま父が言う。

「なんのことでございますか」と、惚《とぼ》けてみせた。

「言わせるな。撫《な》で切りのことだ」

「ああ、そんな些細なことでございますか」

政宗は小手森城を落とした後、撫で切りと呼ばれる虐殺を行った。将兵だけでなく、女子供はては犬猫まで、一千以上の命を奪った。やり過ぎとは微塵《みじん》も思っていない。降伏の勧告は十二分にした。逆らい続けた方が悪いのだ。何より、父がかつて同盟していた織田《おだ》信長《のぶなが》が殺した数に比べれば、とるに足らない。

「なぜ、儂の下知《げじ》を待たずに撫で切りにした」

「総大将として、戦場《いくさば》の采配を任されたのは私です。遠く米沢で隠居する父上に、一々お伺いを立てる暇はありませぬ」

〝隠居〟の部分を強く発してから、銃を構えた。やはり手に馴染まぬ。歯を食いしばって射つが、的をかすめるだけだった。

「無闇に血を流すような真似はするな。敵を増やし、味方を減らしかねん」

硝煙と共にまとわりつく熱が不快で、政宗は小さく舌打ちをする。

「生温《なまぬる》うございますぞ、父上。天下の情勢に目を向けなされ」

父子ふたりの視線がぶつかった。

織内を制圧した織田信長が本能寺の変で死んだのが、三年前。織田の権力争いは長期化すると思われたが、意外にも羽柴《はしば》〝筑前守《ちくぜんのかみ》〟秀吉《ひでよし》が台頭する。伊達家と同盟する柴田勝《しばたかつ》家《いえ》を、あっという間に滅ぼしてしまったのだ。

「羽柴筑前めが上方の兵を率いて奥羽に来襲したら、いかがするのです。それまでに敵を攻め、国を大きくするのです。父上の悠長なやり方では、いずれ滅びてしまいます」

左目で睨みつけると、父は白い歯を見せて笑った。

「それこそが、我が望みだ」

「なんですと」

思わず政宗は前のめりになった。

「その時こそが、好機よ。儂は、奥羽の諸大名に決起を促す檄文を飛ばす。微賤の羽柴筑前の風下に立ちたい者など、誰もおらぬ。たちまちにして奥羽を糾合させてみせよう」

笑い飛ばそうとしたが、政宗にはできない。

伊達家は、政宗の曽祖父の時代から活発に政略結婚を行っていた。奥羽の有力大名の相《そう》馬《ま》、蘆名《あしな》、田村《たむら》、葛西《かさい》、二階堂《にかいどう》、石川《いしかわ》、佐竹《さたけ》、最上《もがみ》などと血縁関係を持っている。これほどまでに、広い血縁を持つのは奥羽では伊達家だけだ。また、父の外交手腕も秀《ひい》でている。古くから織田、北条《ほうじよう》、徳川《とくがわ》と誼《よしみ》を通じ、上杉謙信《うえすぎけんしん》死後の跡目争いの御館《おたて》の乱に積極的に介入し、近隣では蘆名、岩瀬《いわせ》、田村の三氏の争いを仲介し、和睦を成功せしめた。

もし、奥州が同盟を組めば、誰を盟主と仰ぐか。伊達輝宗しかいないだろう。決して夢物語ではない。

「そのためには、上方の軍は巨大であればあるほどいい。脅威が大きいほど、奥羽の結束は固くなる。儂は連盟の盟主となり、上方との戦いを通し、奥羽を統一するのじゃ」

途方もない大略に、政宗は言葉を失う。

輝宗は銃を構え、引き金を引いた。見事に黒丸の真ん中を射ち抜いて、的は四散した。

最上、蘆名、相馬、佐竹など敵ではない。

それよりも、もっと恐るべき敵がいる。

嚙み潰さんばかりに、政宗は奥歯に力を込めた。

父である伊達輝宗だ。このままでは、己は父の手駒として一生飼い殺しにされてしまう。

潰れた右目が、熱を持つのがわかった。

それだけは我慢ならない。障害があれば力と武略で取り除くのが、下克上の習いだ。たとえ、それが父親であっても。

政宗の心は、いつのまにか手に持つ火縄の銃身よりも熱く滾《たぎ》っていた。

輝宗、銃殺の十一刻前
――十月七日　酉の刻（午後6時頃）

政宗輝宗父子にかわって、射場では政宗付きの若い家臣たちが並んでいた。傾きつつある陽を惜しむように火縄銃を射ち、そのたびに歓声を上げている。彼らを見守るように、焚《た》き火の横では輝宗や年長の家老たちが酒を注ぎ合っていた。政宗は片倉小十郎と共に、宴席の隅で静かに盃を傾け、父や宿老の話に耳を傾けるふりをする。

侍のひとりがやってきて、輝宗の前に跪《ひざまず》いた。

「二本松《にほんまつ》殿からの口上を聞いて参りました。今宵は兵部《ひょうぶ》様の陣所へと挨拶へ伺い、明朝は大お館様のもとへと挨拶へ出向くそうでございます」

口元にやっていた政宗の盃が止まる。口の中を潤していた酒が、泥水に変わったかのようだ。

政宗たちは今、本拠地の米沢城を離れ、征服地である旧大内領にいる。わずか十八町（約二キロメートル）の距離にある小浜《おばま》城と宮森《みやもり》城に、親子分かれて駐屯していた。小浜城には政宗が、宮森城には輝宗が詰めている。

今日はその間の平野で射場を築き、戦《いくさ》続きの慰労として鉄砲放ちの会を開いたのだ。侍が口上した二本松殿とは、ここから半日の距離にある二本松城の主《あるじ》、二本松義継《よしつぐ》のことだ。伊達家に歯向かった大内家に味方したが、政宗の小手森城の撫で切りに恐れをなし、先日投降してきたのだ。その二本松が、明日父に挨拶をするという。

なぜ、己でなく父を訪れるのか。それが政宗には忌々《いまいま》しい。二本松が、父の輝宗を伊達家の実質上の当主と見ている証左だ。

そんな政宗の気持ちも知らずに、父の輝宗は使者と気持ち良さげに一言二言と言葉を交わらせた後に、政宗を見る。

「そういえば、藤次郎に渡すべきものがあった。持って参れ」

輝宗が手を叩くと、細長い桐箱が政宗の前に差し出された。横に侍《はべ》る片倉小十郎に開けさせると、出てきたのは黒光りする火縄銃であった。銃身の根元には、勇ましげな龍の刻印が施されている。特に龍の双眼は猛々《たけだけ》しく、政宗を睨むかのようだ。

「伊達家の棟梁が、火縄の的を外すようでは心もとない。儂がツテを頼り、特別に誂えさせた。手に取ってみよ」

政宗はあえて動かなかった。上目遣いに父を見つつ、口を開く。

「小手森では殺し過ぎとおっしゃりながら、私に銃を与えるのですか。父上の考えがわかりませぬ。やり過ぎたならば、今の当たらぬ銃の方が、都合が良いではございませぬか」

政宗の皮肉は、父の微笑を引き出しただけだ。

「勘違いするな。儂は軽挙して殺すな、と言っただけだ。今の苛烈な、否、剽悍《ひょうかん》とでも言うべきか。その性分まで鈍らせろとは言っておらん」

輝宗は腰を上げ、両手で火縄銃を取り、政宗に押し付けた。仕方なく手に取る。座位のままだが、人のいぬ方に向けて火縄銃を構えた。

悪くない。

さっきまでの火縄銃は、構えると傾いた大地に立つかのようだった。が、今は違う。まっすぐの芯が、己の身を天から貫くかのようだ。

フフフと父に笑われて、ずっと銃を構え続けていたことに気づく。

「よいか。儂は確かにお主の撫で切りを詰《なじ》った。が、その気性はよしだ。上方と対峙《たいじ》する時の総大将は、剽悍でなければならぬからな。お主にはその素質があると、小手森の一件で確信した」

不思議だった。詰られるよりも称《たた》えられた方が、政宗の気持ちを硬くさせる。心が、凶器のような鋭利な尖《とが》りを伴う。これが父子というものであろうか。

「ただ、その剽悍の気性を解き放つ時を誤るな。お主は将来、味方になるものさえ殺しかねんからな」

輝宗、銃殺の九刻前
――十月七日　亥の刻（午後10時頃）

小浜城へ帰り、薄暗い部屋で政宗は蠟燭《ろうそく》の火を睨んでいた。戸が開き、片倉小十郎が入ってくる。

「二本松らの様子は、どうであった」

火を睨んだまま訊く。今宵、二本松は兵部こと、伊達成実《しげざね》の陣所へと訪れると言っていた。伊達成実は政宗より一歳下の従弟《いとこ》で、腹心のひとりである。片倉小十郎をつかって、連絡をとらせていたのだ。

「はい、それが兵部殿のご陣所に、大お館様も訪れたそうです」

眼球が意思に関係なく動き、片倉小十郎を見据える。

「そこで、二本松殿と領地割譲の談合を遅くまでされたとか」

視界の隅にある蠟燭の火が、激しく猛った。

なぜ、己が呼ばれぬのだ。伊達家の棟梁として、明らかに軽んじられている。

「小十郎、私はこのまま父の手駒として終わるのか」

目を瞑《つぶ》った。炎の残像が瞼《まぶた》の裏に残っている。揺れながら、それは徐々に小さくか細くなっていく。

「父が死ぬのを待っていたら、乱世など終わってしまうわ」

「では、とうとうご決断されますか」

目を開いた。

「ああ、決めた。父を討つ。乱世に生を享《う》けて、みすみすとこんな辺境の一大名で終わるなど、耐え難い」

父のように、上方の軍を待つなどという悠長なことはしない。己が采配をとれば、数年で奥羽はおろか関東や北陸にさえも覇を唱えられるはずだ。上方勢と、日《ひ》ノ本《もと》を東西に分かつ大合戦を繰り広げる自信がある。

「ならば、某《それがし》に策があります」

片倉小十郎は、膝を躙《にじ》らせて囁《ささや》いた。

「聞かせろ」と言って、耳を向ける。

片倉小十郎の考えは、政宗には策とは言い難いものだった。明朝、再び二本松義継は輝宗への御礼言上のため、宮森城へと赴く。その時、二本松を刺客として操るというのだ。

「二本松めは、こちらに内通しているのか」

片倉小十郎は、首を横に振った。

「ですが、一計があります。伊達家が、二本松めを密《ひそ》かに亡き者にしようとしている――そういう噂を、二本松の近習《きんじゅ》に聞かせまする。恐怖に駆られた二本松は、必ずや明日行動を起こすはずです」

政宗は、腕を組んで黙考した。しばらくして、大きく首を捻《ひね》る。

「運頼みだな」と、吐き捨てた。

血縁と外交力で奥羽連盟を結成する父の策に比べれば、児戯に等しい。

だが、片倉小十郎の表情は微動だにしない。

「おっしゃる通りでございます。ですが、この謀《はかりごと》、しくじっても損も危険もありませぬ」

確かに、と思った。二本松が行動に移し捕まったとしても、こちらが黒幕とは父にばれない。

「運頼みではございますが、某、この謀は成るのではないかと密かに自信を持っております」

「どういうことだ」

片倉小十郎の瞳が、燭台の火を反射して光る。

「理由は、今日の大お館様のご様子です。ご油断の兆候が、確かにございました」

「油断だと」

「はい。火縄銃を、若お館様にお渡しする時です。両手で取り上げ、押し付けました。いつもなら、誰が相手でも警戒のために片手は必ず脇差にやるはずです」

目を天井へ向けた。言われてみれば、盃を受ける時も父は右手であった。小姓から火縄銃を受ける時も同じだ。普段、父は暗殺を恐れて、極力利き手ではない左手を使う。

「このようなご油断は、近年なきことにございます。大お館様の気が緩んでいる証左。上手く二本松めを駆り立てれば、十のうち九は成功するでしょう」

二本松は武将としての器量は低いが、組打ちの技には定評がある。

「どうされます」

一段と小さな声で呟いて、片倉小十郎が躙り寄る。政宗の左目に近づくような所作だった。剽悍と父から称された政宗に、躊躇《ちゅうちょ》などは微塵もない。

「好機を見て、己が座すだけの男だと思うか。やれっ。采配は任せる」

にやりと笑って、片倉小十郎は深々と頭を下げた。

輝宗、銃殺の五刻前
――十月八日　卯の刻（午前6時頃）

陽の出る前に、政宗は城を出る。霜を踏みつぶしつつ向かったのは、昨日の射場だ。大勢の小姓や近習たちを侍らせて、銃を構える。勇ましげな龍の刻印が刻まれていた。父輝宗からもらったものだ。今までの銃と違い、銃身の先の目当はぴたりと的を見据えている。引き金を引くと、黒い丸の中心を射ち抜き、菱形の板が四散した。銃口から生まれる熱風が、冷えた肌を心地よく弛緩させる。

「お見事でございます」

背後から声がして、振り返る。片倉小十郎が立っていた。

「若お館様と話がある。儂がお世話をするゆえ、お主らは場を外せ」

小姓たちを下がらせて、片倉小十郎が銃を受け取り弾を込める。戻された銃を構え、政宗は放つ。またしても黒丸の中心を射ち抜いた。

「手筈《てはず》は整ったか」

構えを解かずに訊くと、視界の隅で片倉小十郎が頷《うなず》いたのが見えた。

「上手く二本松めがやりおおせた時のために、足軽や侍共には昼頃に調練するよう命じております。大お館様が弑《しい》されれば、それを大義名分にすぐにでも二本松城を攻め落とすことができます」

用意が良すぎると、逆に不快である。いや、気味が悪いというべきか。政宗は、無言で先を促した。

「若お館様と我らは、鷹狩りをする手筈でございます。その方が、城にいるより動きやすくございます。そして……」

片倉小十郎は、自身の右肩を見た。黄色い布が縫い付けられている。

「これが、此度《こたび》の謀を知る者の合印（目印）。もし大お館様が一命を取り留めても、若お館様がこれを縫い付けた者らに射てと命ずれば、躊躇なくやります」

「合印をつけている者はいかほどいる」

「ざっと三十かと」

「多いな」

政宗は顔を顰《しか》めた。そんな大人数で秘事を守れるのかと、不安がよぎる。

「某の出自は武士ではありませぬ。このような謀にはうってつけの、口の堅い朋輩《ほうばい》を多く知っておりまする」

顔の半面だけで笑いかけてくる。

片倉小十郎は、父輝宗の片腕の遠藤基信《えんどうもとのぶ》という男に見いだされ、政宗の小姓になった。神職の子という触れ込みだが、それは怪しい。また、身元保証人ともいうべき遠藤基信自身が、諸国を放浪し奥羽にたどりついた前歴の不確かな男だ。

不具になった政宗の右目を躊躇なく短刀でえぐった逸話が片倉小十郎にあるように、どこか主を主とも思わぬふてぶてしさを持ち、それを慇懃《いんぎん》さで薄く包んでいる。

「わかった。朝餉を腹にいれたら、鷹狩りに行こう」

銃を渡し小十郎に弾を詰めさせ、また受け取る。構えて引き金を引くと、やはり命中した。

「お見事でございます。さすが、大お館様が誂えた銃でございますな」

また弾を込めさせて受け取り、放つ。真ん中に、当たり前のように命中する。

「そういえば、若お館様が最初に火縄の稽古をしたのも、大お館様が誂えた銃でありましたな」

政宗の体が固まった。

思い出した。成長するごとに、父は政宗の体にあった銃を誂えてくれたのだ。昨年、家督を継いだ時もそうだ。その時の銃は小手森の合戦で銃身が割れるほど酷使してしまい、今はもうない。

視界が半分しかない政宗は、刀や槍には魅力を感じなかった。利き手の右で引き絞り、右目で狙う弓もそうだ。だが、鉄砲はちがう。だからこそ、伊達八千挺とも誇張される精強な鉄砲隊を育て上げた。

しかし、と思う。もし、童の頃、最初に渡してくれた父の銃が体に馴染んでいなければ、ここまで鉄砲隊の采配を研ぎ究めようと思っただろうか。

床尾から頬を外し、手に馴染む得物を見た。引き金に近い方の銃身に、龍の刻印がある。そういえば、初めてもらった火縄銃にも同様のものがあった。いや、成長ごとに下賜された全ての銃に刻まれていたはずだ。

「若お館様」

「なんだ」

「感傷に溺《おぼ》れるのはよしなされ」

思わず睨みつける。弾みで、手に持つ銃の先を片倉小十郎に向けてしまった。弾が入っていないにも拘《かかわ》らずである。

「ご無礼、お許し下さい」

口調も表情も変えずに頭を下げたので、政宗も銃口を地に下ろさざるを得ない。

輝宗、銃殺の三刻前
――十月八日　巳の刻（午前10時頃）

政宗の腕から解き放たれた鷹が、刈入れが終わった田の上に影を落とす。翼を広げ滑空しつつ追うのは、二羽の雉《きじ》だ。一羽は小さいので、ついこの前までは雛鳥《ひなどり》だったようだ。溺れるように、必死に羽を動かして飛んでいる。

鷹が未熟な逃亡者に目をつけた時、大きな親鳥が突如反転して、体当たりをしてきた。鷹が怯《ひる》んでいたのは、わずかの間だけである。すぐに鋭い爪を胴体に食い込ませ、雉を地面に叩き付けた。

救われた若鳥が、くちばしを大きく開けて鳴いている。

「小十郎よ。ひとつ、わからぬことがある」

視界の利く左側に常に侍る片倉小十郎へ、問いかけた。

「なんでございましょう」

「どうして、父は昨日、油断していたのだ」

目を前に向けたまま訊《たず》ねた。狩られた親鳥は必死に首を持ち上げ、天に向かってひとつふたつと鳴く。まるで、雛に向かって何かを伝えるように。

「その因果は、若お館様にあります」

雉から目を引き剝がした。

「昨日、射場で、大お館様は小手森の撫で切りを詰りました。と同時に、若お館様の手腕も褒めました。外から見る我らの目には、非難よりも賞賛の方が、はるかに大きく感じられました」

視線を落として、そうであったろうか、と考えた。

「大お館様は、逞《たくま》しく育った若お館様を頼もしく思っております。戦場の全てを任せられる、と考えたのでしょう。身内に己の片腕ができたという喜びが、心を大きくし油断を生んだのです」

片倉小十郎は、周囲に目をやった。小姓たちは次の鷹の準備のために離れており、近くには右肩に黄色い合印を持つ者しかいない。

「お喜びなさいませ。若お館様へのご信頼が、此度の謀を成就させるのですぞ」

珍しく喜色をたたえて、小十郎は言う。小姓がやってきたので、すぐに片倉小十郎は真顔に戻った。

「どうされます。あの若鳥も狩りますか」

檻《おり》から出したばかりの鷹を腕に乗せて、小姓が訊ねた。空にはまだ親を慕う若鳥が旋回している。

「それには及ばん」

「ですが、ああも飛び回られたら邪魔ですな」

言ったのは、片倉小十郎だ。

「ならば弾を込めずに鉄砲を放って、逃散させろ」

小十郎は何か言いたげだったが、肩に合印を縫い付けた男を呼び、「仰せのようにしろ」と短く命令する。

男が空に向かって、火縄銃を構えた時だった。血相を変えて走り込んでくる者がいた。肩に黄色の合印がちらりと見えた。

「無礼者、伊達家の若お館様の狩りの最中だぞ」

「待て、そ奴は儂の手の者だ」

片倉小十郎が、小姓を制止する。

汗を流しつつ男は跪いた。片倉小十郎は顔を近づける。何事かを囁かれると、たちまち政宗の腹心の表情が曇り出した。

輝宗、銃殺の二刻前

——十月八日　午の刻（午前12時頃）

数日前から、政宗の周辺に不審な人影がいるという報せは受けていた。そのうちのひとりを捕えたというのだ。

「持ち物から、尋常の旅人ではないのは確かです」

黄色い合印を縫い付けた男の報告を聞きつつ、政宗は早足で歩いた。それ以外の者には、鷹狩りを続けるように言っている。木の葉を落としきった木々の隙間を縫うようにして進むと、やがて藪《やぶ》に囲まれた小さな広場に出た。中央には、縄できつく縛られた男が正座している。俯《うつむ》いており、赤いものをぽたぽたと地面に滴らせていた。

「どうだ、吐いたか」

片倉小十郎が声をかけると、両側に立っていた男たちが顔を向けた。眉間に深い皺を刻む様子に、政宗の足が心なしか重たくなる。

「つい先ほど吐きました。こ奴ら恐るべきことを企《たくら》んでおりましたぞ」

男の語尾は震えていた。

「時が惜しい。この場で言え」

片倉小十郎の耳元へ話しかけようとするのを、政宗は制する。

「は、恐れ多くも、この者の一味、若お館様と大お館様のおふたりを害しようとしていたそうです」

政宗と片倉小十郎は、目を見合わせた。

「それは奇遇だな」

平静を装い、政宗は言葉を落とす。父殺しを決断した翌日に、なんという因縁だろうか。

「で、こ奴は、どこの手の者だ」

片倉小十郎の問いに、間者の両側に立つ男たちが顔を歪める。

「まだ、そこまでは吐きませぬ」

「もう少し痛めつけますか」

髪を摑《つか》み持ち上げると、片面が腫《は》れた顔が見えた。妙だなと、政宗は思う。この程度の拷問で、音を上げたのか。

「どうして謀を白状した。そして、一を吐けば、十を言うのも同じだ。黒幕の名を言え」

殺気の滲《にじ》む片倉小十郎の声だったが、間者は怯まない。血塗《ちぬ》られた唇を歪め笑っている。

「見くびるな。謀を白状したのは、それが成ったからだ。後ろを見ろ、間抜けどもめ」

間者は、顎だけを動かして指示する。

振り返ると、木々の隙間から一本の細い煙が上がっているのが見えた。父のいる宮森城の方角だ。

「謀が成功したという狼煙《のろし》よ」

誇らしげに間者は言う。

「どういうことだ。この通り、若お館様は健在だぞ」

「ふん」と、血混じりの唾を吐く。

「運が良かったな。いかな我らとはいえ、離れておる貴様ら父子ふたりを同時に殺《や》るのは難しい。ゆえに昨日、どちらかひとりを害することに決めた。そして、それをやり遂げたと合図があった。儂が言えるのは、そこまでよ」

つまり、父の輝宗を暗殺することに成功したのか。

政宗を振り返った片倉小十郎の顔から、血の気が引いていることに気づいた。

「知らなかったのか」と問いかけると、表情を歪め「申し訳ありませぬ」と頭を下げる。

無様な話だ、と心中で呟く。

他家の謀に気づかず、暢気《のんき》に父を殺そうと画策していたのだ。あるいは、こちらが寝首を掻《か》かれていてもおかしくはなかった。油断もいいところだ。

近づくように、腹心に手で促す。心得たもので、片倉小十郎は問われずとも答えた。

「大お館様の側《そば》にいる兵部殿からは、まだ報せはございませぬ」

「報せは狼煙か」

「いいえ、馬です。怪しい狼煙は、疑われるやもしれぬと思い」

小さく、舌打ちをした。

「もし、この間者の言うことが真《まこと》なら、あとどのくらいで報せがくる」

「半刻《はんとき》（約一時間）はかからぬかと」

目の前の間者一味の謀が、朧《おぼろ》げながらわかってきた。狼煙が上がった今は、父が二本松義継と面会している刻限だ。敵の謀は、奇遇にも政宗らと同じく二本松義継を刺客に変えるものに違いない。

政宗は、片倉小十郎を押しのけるようにして間者の前に立った。

「刺客は二本松か、それともその手下か」

「ふん、二本松殿ご自身が、命を捨てる覚悟で此度の謀にのられた」

つまり、政宗たちとほぼ同じことを考えていたということだ。

政宗は思考を巡らせる。間者は調練中の伊達家の兵のことを知らない。政宗が手塩にかけて育てた鉄砲隊である。今下知をすれば、二本松らをたちどころに捕えられる。奴を人質にとるか。いや、逆に二本松をわざと取り逃がして、それを口実に領民ごと撫で切りにする方がよいかもしれない。

「よいのか、こんなところで悠長にしておって」

政宗の思考を遮ったのは、間者の言葉だった。嬲《なぶ》るような言い様に、首を刎《は》ねてやろうかと柄《つか》に手をやってしまった。

しかし、目の前の男は肝が据わっている。平然と、政宗らをせせら笑っていた。殺されるのを覚悟の上で、挑発しているのだ。

刀に手をやったまま、口を開く。

「ふん、貴様の言うことが真か否か、わかるまでしばし猶予がある。その間の座興だ。質問に答えよ」

「見くびるな。黒幕の名は吐かぬ」

「興味もないわ」どうせ、大内家の残党か蘆名家あたりに決まっている。

「それよりも、どうして私でなく、父を狙った。訳を申せ」

間者は、赤く染まった歯を見せて嗤《わら》った。

「理由はひとつだ。貴様が襲うなら、有能か無能どちらを襲う」

間者の問いかけに対して、政宗は正しい解を出せなかった。いや、出すことを本能が拒否したと言うべきか。

「今、なんといった」

いつのまにか、柄を握る手の力が強まっていた。

「敵に有能な者と無能な者がおれば、貴様はどちらを先に害する。そう、儂は訊いたのだ」

政宗の体が、激しく震え出す。その様子を見て、間者は両の口角を限界まで吊り上げた。

「貴様と父、この親子ふたりの器量を比べれば、どちらが上だと訊いておるのだ」

赤い唾を飛ばし、叫ぶ。にも拘らず、政宗は答えることができない。

「そんなものは、宮森城にいる父に決まっておろう。奴が恐るべき敵なのは、奥羽の諸侯全てが知るところだ。それに比べれば、貴様などひよっこよ。おおおぅ」

突然、間者が歓声を上げた。

「見ろ。もうひとつ狼煙が上がったぞ。どうやら、殺すよりも上々の首尾を得たようだ」

「どういうことだ」

かぶりついたのは、片倉小十郎だった。

「そこにおる小僧の父親を、見事に人質として捕えたという合図だ。悔しかろう。父を質にとられては、お主らはおしまいだ。迂闊に攻めることもできまい」

縛られた体を捩《よじ》らせて、間者は哄笑《こうしょう》をまき散らす。

「そんなことはどうでもよい」

発した声の禍々《まがまが》しさに、政宗自身の四肢が激しく戦慄《わなな》いた。

「それより、もう一度申せ。儂と父、どちらの器量が上か」

「決まっておろう。それはお主の父……」

瞬間、政宗は刀を抜き、切っ先を間者の右目につきつけた。間髪入れずに手首を回して、眼球をえぐる。

絶叫が響き渡り、木の葉が数枚舞い落ちた。

「銃を持て」と、政宗は怒号を発する。

部下が慌てて差し出した銃には、龍の刻印がなかった。片倉小十郎が誂えたものだ。間者の残った左目に狙いをつけて、引き金を引く。

舌打ちをした。放たれた弾丸は、左目ではなくて、眉間にめり込んでいたからだ。

「お見事です」

世辞を言う片倉小十郎に、銃を投げつけた。

「その銃は捨てろ。役に立たぬ」

そして、号令する。

「すぐに兵を出せ」

「二本松めを追うのですか」

「ちがうっ」と、咆哮《ほうこう》する。

黄色の合印をつけた男たちの体が強《こわ》ばった。

「二本松ごときなど、どうでもいい。父をこの手で殺すのだ」

輝宗、銃殺の一刻前
――十月八日　未の刻（午後2時頃）

政宗が手塩にかけて育てた鉄砲隊たちが、一斉に銃を構えた。兵たちの顔付近から、細い煙が線香のように立ち昇っている。その眼前には、二本松勢が五十人ばかりいた。先程まで調練で武装していた伊達軍と違い、裃《かみしも》をつけた正装か旅装姿ばかりである。火縄銃に対抗できる得物はない。猪を狩猟するよりも容易く、殺し尽くすことができる。

獲物である二本松勢五十人の中に、政宗は父の姿を見つけられなかった。が、構わない。目の前にいる動くものを、全て殺し尽くしてしまえばいいだけの話だ。兵たちには、すでに父は弑されたと伝えている。

「射て」と、躊躇なく命令する。滝壺が突如現れたかのような音が轟《とどろ》いた。それが二度、三度と続く。

白煙が風で吹き飛ばされると、目の前には立っている者はひとりもいなかった。

「絶命させるだけでは手温《てぬる》い。もう一度射て」

死体を舐《な》めるように、鉛の弾が射ち込まれる。完全に動くものがいなくなってから、鉄砲隊の列を割り、政宗は駆け寄る。背後には、黄色の合印をつけた男たちが続いた。

「どこだ」

死体を睨みつつ叫んだ。ついてきた男たちも、必死に首を振り探す。

いない。父伊達輝宗の死体はない。

「二本松めの骸《むくろ》もありませぬな」

死体の全てを手際よく仰向《あおむ》けにしつつ、男のひとりが報告した。ということは、父を捕えた二本松義継は別行動を取ったのか。

こ奴らは、囮《おとり》だ。

己の歯軋《はぎし》りの音が、耳に流れこむ。それを塗りつぶすかのように、馬蹄の響きが左右両側からやってきた。

「若お館様」と、どちらからも聞きなれた声で呼ばれた。振り向くまでもない。腹心の片倉小十郎と、兵部こと伊達成実だ。

ふたり同時に下馬し、政宗の左右に膝をつく。言上したのは、伊達成実の方が早かった。

「申し訳ありませぬ。まさか、二本松めが大お館様を捕えるとは」

先刻まで父と共に二本松をもてなしていたので、襟元を乱した裃姿である。

「そ、そんなことは、後でよい」

どもりつつ叫んだのは、片倉小十郎である。上半身を使って大きく呼吸し、泡を吐き出すように口を開く。

「二本松めと……大お館様を……見つけました」

片倉小十郎の言葉は途切れがちだが、何を言っているかは理解できた。

「阿武隈《あぶくま》川を渡らんとするところを阻《はば》み、我が手の者で囲むことに成功いたしました」

額の汗を拭《ぬぐ》った時には、口調は平静に戻っていた。三人で同時に頷きあう。

「兵部、お主は鉄砲隊と城兵を率いて、反対側へ行け」

父と二本松を殺るのに、謀を知らぬ兵は逆に邪魔だ。意図を素早く察して、伊達成実は礼もそこそこに馬に飛び乗った。

「大お館様の仇を討つのじゃ。鉄砲隊共よ、我に続け。南に二本松が逃げたと報せが来たぞ」

伊達成実は兵を連れて、片倉小十郎が来た方向とは逆へと駆け出す。残されたのは、肩に黄色の合印を縫い付けた男たちばかりだ。

伊達輝宗、銃殺の刻
――十月八日　申の刻（午後4時頃）

馬上で駆ける政宗の視界に、川面が見えてきた。寒々しい鉛色をした空を映している。二本松勢との国境でもある阿武隈川だ。川岸に佇《たたず》む人々を、政宗は最初案山子《かかし》かと勘違いした。ほとんど動きがなかったからだ。

ふたりの男が立ち、銃を構える二十人ほどの武士が囲っている。皆、肩に黄色の合印をつけていた。じりじりと躙るように、間合いを詰める。

左目を細めると、中央に立つひとりが後ろ手に縛られているのがわかった。目元は布で隠されているが、短く整えた髭を間違えるはずがない。父である伊達輝宗だ。

その横には、顔面を蒼白にした武者がいる。白刃を人質である父に突きつけて、何事かをしきりに叫んでいる。

二本松義継に違いないが、遠目でもわかるほどに膝が震えており、まるで父にすがりつく奴婢《ぬひ》のようだ。

「よせ、これ以上近づくな」

さらに馬を駆けると、二本松の叫びが聞こえてきた。命令というより、懇願に近い。冬だというのに、額に脂汗をびっしりとかいていた。一方の輝宗は堂々と胸を張り、仁王に直立している。

「貴様ら、正気か。この男を殺すぞ。貴様らの主君であろう」

首筋に切っ先を突きつけて、二本松は脅す。むしろ、それこそが囲む男たちの望むところだ。このまま二本松義継が輝宗の頸動脈を切ってくれれば、手を汚さずにすむ。

期待を込めて、片倉小十郎の手の者が間合いを狭める。

「待て」と叫び、政宗は鞍《くら》から飛び降りた。縮む輪が、ぴたりと止まる。政宗が歩むと、人垣の一部が割れた。

「おおぅ、そこにおるのは伊達の若お館様か」

まるで朋輩に会ったかのような、場違いな声を二本松は出した。

「早う、この者らを止めて下され。そして、儂を二本松の城へと返すのじゃ。さすれば、必ずやお父上はお返ししよう」

返答のかわりに、政宗は囲む刺客のひとりから火縄銃をむしり取った。

制止したのは、二本松や父を助けるつもりだからではない。このまま包囲を縮めてしまったら、父をこの手で殺せなくなるからだ。奥羽一の英傑である父を倒すのに、二本松義継ごときでは力不足だ。そのために「待て」と叫んだのだ。

大股で、無造作に間合いを詰める。政宗の尋常でない気迫を察したのか、二本松が悲鳴と呻《うめ》き声を喉の奥で混じらせた。

「その殺気は、藤次郎か」

口を開いたのは、父輝宗だった。

「いかにも」

「どうした。まるで、儂を殺しかねぬ気迫を感じるぞ」

「ご明察のほど、さすがと言う外ありませぬ」

言い終わる前に、火縄銃を構えた。

カラクリが反対についていない普通の火縄銃なので、潰れた右目で目当を覗く。この間合いなら、見えずともふたつにひとつは当たる。

「ど、どういうことだ」と叫んだのは、二本松だった。

「黙っておれっ。貴様ごとき小者など、どうでもいいのだ」

二本松の顔がひしゃげるように引き攣《つ》る。

「父よ、あなたをこの手で葬るのが、我が望みだ」

引き金に触れる指に、躊躇なく力を込めた。銃口が跳ね上がる。見える左の視界には、血煙を上げてのけぞる二本松義継の姿が映った。外したか、と自身でも驚くほど沈着に呟いていた。

「若お館様っ」

片倉小十郎が銃を捧げ持ち、駆け寄る。銃身に、龍が刻印されているのが見えた。父の誂えたものである。受け取り、見える左目で目当を睨むように構えた。ぶれていた重心が、凪《な》いだ日の湖面のように安定する。

ゆっくりと間合いを潰した。銃口を父に触れるほど近づける。

「お主に言いたいことがある」

「命乞いなら、請負いかねまする」

引き金に、指の腹を触れさせた。

「見損なうな。命など惜しくないわ」

思わず、「ほう」と返す。

父を殺す歓喜で震える指を、必死に押し止《とど》めた。引き金を引こうとする己を懸命に自制するのは、好奇心ゆえだ。父の言葉が強がりか、あるいは本心か。どちらかを見極めたい。

童のように無邪気で残酷な心持ちが政宗の五体を支配していた。

「儂を殺してくれ」

髭が歪み、嘲《あざけ》りの笑みが父の唇を象《かたど》る。それを黙って見ていたのは、嘲笑が政宗に向けられたものではなかったからだ。輝宗は自嘲していた。

「油断が過ぎた。まさか、二本松ごときにこんな醜態を見せてしまうとはな」

深々と溜め息を吐き出す。

「儂はもう終わりだ。乱世の大名として、終わった」

父の目隠しが微《かす》かに湿っているように見える。気のせいだろうか。

指を引き金に触れたまま、政宗は輝宗が言葉を継ぐのを待った。

「虜囚の辱めを受けた今、奥羽を糾合し上方勢と戦うのは、もはや夢物語だ」

確かに、と思う。

二本松ごときに拉致された輝宗を、奥羽の諸豪族が盟主と仰ぐわけがない。今までのように外交力を活かし、戦国の世で名を上げることは不可能だ。逆に恥をさらすだけである。

しばらくの沈黙の後、政宗は口を開いた。そして、己の発した言葉に驚く。

「ならば、隠居されよ」

「な、何を言っておるのです」

左横に侍る片倉小十郎が、狼狽《うろた》え出す。無視して、父に語りかける。

「今のような名目だけではなく、実権の全てを私に預けなされ。大お館様などと、姑息《こそく》な名は捨てられよ」

再び父の口が嘲りの形に歪むが、今度は政宗にもその感情が向けられていた。

「失望したぞ」

父の一喝で、自覚できるほど表情が歪む。

「お主は、儂や父、祖父とは違い、本物の乱世の男になれると思っていた。それが隠居しろ、だと」

父の罵倒は、続く。

「貴様はその程度の男だったのか」

反論する者は、誰もいなかった。

輝宗は、ゆっくりと言葉を継いだ。

「我が伊達家が、父子相克の血を持っているのは知っておろう」

古くは政宗の曽祖父・稙宗《たねむね》の代まで遡る。

越後上杉家への戦略方針で、稙宗は子の晴宗《はるむね》（政宗にとっては祖父）と争い、天文《てんぶん》の乱という奥羽の全諸侯を巻き込む内乱を呼んだ。

六年続いた乱を制して実権を握ったのは子の晴宗だったが、立ち塞《ふさ》がったのが今目の前にいる輝宗だ。伊達家で、再び父子の政争が起こる。輝宗は父である晴宗の側近を追放し、伊達家の全権を奪ったのが十五年前のことだ。

そして今、政宗は輝宗に銃口を突きつけている。

「だが、儂も父も、腑抜け揃いだった。非情に徹することができなかった。子に下克上された祖父も同じだ」

確かにそうかもしれない。親子で骨肉の争いを繰り広げつつも、勝者である子は親にとどめを刺さなかった。隠居させ、あるいは権力を奪うだけに止めたのだ。

「今にして、儂は思う。もしあの時、父を殺していれば、と」

目隠しの上からでもわかるくらいに、父の眉間に深い皺が刻まれる。

「父を殺していれば、儂は今ごろ奥羽の覇者になっていた」

苦いものを吐き出すように、話を続ける。

「剽悍なる姦雄《かんゆう》として、奥羽を統一するのも容易かったはずだ。上方の軍を待つなどと、悠長な策をとることはなかった」

見えぬ父の目差しが、地面に落ちる。

「小十郎、おれば西の向きを教えよ」

父に突然呼びかけられて、片倉小十郎は肩を撥ね上げた。

「は、はい。右手にございます」

躊躇なく輝宗は右を向く。

囲む刺客たちが、ざわめき出した。

極楽浄土がある西に正対するのは、切腹などの自死の時の作法だ。引き金を引くのを躊躇し続ければ、政宗が臆病者だということになる。

「そこまでのお覚悟か」

言ってから、まるで己が覚悟していなかったような口ぶりだと恥じた。唇を強く嚙む。

「藤次郎、儂や父や祖父を超える男となれ。剽悍では、まだ生温い。姦雄として奥羽を撫で切りにし、日ノ本に覇を唱えよ」

返事のかわりに、乾いた唇を舐める。が、舌さえも渇ききっている。

「約定《やくじょう》できるならば、引き金を引け」

政宗は目を閉じた。同時に左手の指に力を込める。

弔鐘というには凄惨過ぎる響きが、鼓膜を貫いた。

返り血だろうか。粘っこくも温かい何かが、顔や胸に降り注ぐ。

瞼を上げると、父がうつ伏せに倒れていた。息を確かめるまでもない。

銃を目の前にやる。

「思い出した」と、政宗は呟いた。

初めて父に銃を誂えてもらった時のことだ。父は、己にこう言ってくれた。

――お主の体はな、右に傾《かし》ぐ癖があるのじゃ。きっと右の目が見えぬゆえ、いつも首をひねっているからだろう。

暖かく大きな掌が、両肩に置かれたように錯覚する。政宗は、震えようとする四肢を全力で縛《いまし》めた。

――ゆえにな、この銃を少し父が細工したぞ。台木を削り、重心を少し左にずらしたのじゃ。さあ、構えてみよ。これなら、今までの銃と違い狙いがずれることはないはずじゃ。

幼少時そうしたように、政宗は再び銃を構える。父の返り血を浴びて、赤い斑点がいくつもついていた。

視界の隅には龍の刻印があり、血雫《ちしずく》がついている。そのうちのひとつは、龍の右目を汚していた。
引き金を引くかわりに、政宗は亡き父に誓う。
奥羽の姦雄たらんことを。
龍の右目から、血が赤い線を引いて地に落ちた。

永禄三年（1560）五月十八日
未の刻（午後2時頃）
この十二刻（24時間）後、
今川義元は討ち死にする。

桶狭間《おけはざま》の幽霊

「駄目だ。これ以上、進んではならない」

評定の間で男は叫び声を上げた。黒い僧服の袖を翻して、「行くな。駿河《するが》に戻るのじゃ」と怒鳴りつける。

男の前を阻《はば》むように、今川《いまがわ》の諸将が立ち塞《ふさ》がっていた。数万と号する今川軍の侍大将たちを収容するには、尾張沓掛《おわりくつかけ》城の評定の間は狭すぎる。入口の襖《ふすま》を全て取り払い、廊下にまで将が溢《あふ》れていた。やや重そうに鎧《よろい》を着ているのは、駿河からここまでの行軍で疲れているからだ。

しかし、体の疲れと士気は別だ。

「朝を待つまでもない、今すぐ攻めるべし」

「軍をみっつに分けて、織田《おだ》方の砦《とりで》を一気に潰すべきでございます」

将たちの声は勇ましげだ。当然だろう。敵である織田〝上総介《かずさのすけ》〟信長《のぶなが》の軍は、こちらよりはるかに少ない数千以下。物見の報告では、恐怖のあまりか清洲《きよす》の城から兵を出すそぶりも見せないという。

「今すぐ戻るのじゃ。尾張から兵を引き返せ」

将たちの背中越しに男は大声を張り上げるが、誰も見向きもしない。

「ええい、どいてくれ」

男は侍大将たちを搔《か》き分ける。その間も、勇ましげな強攻策が口々に唱えられた。

やがて、男の目に最奥にいる大将の姿が映り出す。恰幅のいい体を金の意匠をほどこした鎧で包み、顔には公家風に白粉《おしろい》が塗られていた。

東海一の弓取りと呼ばれる今川家の主《あるじ》・今川〝治部大輔《じぶのたいふ》〟義元《よしもと》である。

「これ以上、進んではならぬ」

諸将の隙間から男は声を飛ばしたが、またしても誰も反応しない。いや、唯一義元だけが、白く塗ったこめかみを微《かす》かに動かした。一瞬だけだが、目もあう。

「聞こえているだろう、治部《じぶ》よ」

「鳴海《なるみ》と大高《おおたか》の城を囲む織田の砦を潰すが最善かと」

男の叫びと側近の将の提案は同時だった。

義元が重々しく頷《うなず》いたのは、将の方の提案に同意したのだ。男は黒い僧服の袖を振りつつ、さらに前へ進み、義元との距離を詰めた。

その間も、武者たちはどのように尾張領深く攻め込むかを談合している。

「行ってはならぬ。尾張の地は危険だ。これ以上進めば、必ずや今川家は滅ぶぞ」

やっと義元のすぐ側《そば》までたどりついた。

「進んではならぬ。聞いているのか、治部よ」

だが、義元は前を向いたままだ。そこには大きな地図があり、尾張にある今川の最前線の城である大高と鳴海、それを囲むいくつもの織田の砦が書き込まれていた。

今回の遠征の目的は、鳴海と大高のふたつの城を救うためだ。そのためには、鷲津《わしづ》、丸根《まるね》、中島《なかしま》などの数個の織田方の砦を落とせばいい。だが、義元が動員した兵の数の多さは、まるで清洲城にいる織田信長さえも攻め滅ぼさんとするかのようだ。近郷の気の早い百姓などは、上洛のための兵だと口にしている。

男の声を無視して、軍議は進む。大高と鳴海の包囲を解くために、一気に織田の砦を攻めるという意見が大半だ。義元は、無言で何度も頷く。

「そのためには、本陣を今日のうちに前へ進めましょう」

将のひとりが地図上の沓掛城に指をやり、それを尾張領奥深くへと誘《いざな》った。

「物見の報告では、織田上総介はろくに軍議もせず、籠城の構えとか。この機に深く進むのです」

白粉で塗られた口を、義元が動かした。

「うむ。敵が弱気ならば、そこにつけこむべきであろう。誰か他に反対の者はおるか」

男はさらに近づく。長く黒い袖が、義元の金色の鎧に触れそうになった。

「軍を進めては駄目だ。沓掛の城は三河《みかわ》との国境に近い。ここにおれば、すぐに尾張から退《ひ》くことができる」

しかし、義元は目線さえくれない。

「尾張に深く進めば、今川家に凶事が起こる。幼き頃から共に育った儂《わし》の言うことを信じられぬのか」

塗った白粉が剝がれるかと思うほど、義元の顔相がひしゃげた。

「黙れっ」

床を震わせるような大音声《だいおんじょう》が響き渡る。あまりのことに、諸将が肩を撥《は》ね上げた。

「な、なにか、気に障《さわ》ることでも」

何人かの将が、義元の顔を覗《のぞ》きこんだ。片手で化粧された顔を覆い、皆の視線を遮る。

しばしの間、義元は黙考するが、何かの痛みに耐えるかのように苦しげに見えた。震える唇を動かして、声を絞り出す。

「まだ、出撃の機にあらず」

全ての諸将がどよめきを上げた。

「どういうことでございますか。今は、一刻も早く軍を前へ進ませるべきです」

「そうです。躊躇《ちゅうちょ》していれば、織田が息を吹き返しまする」

慌てる諸将とは対照的に、男は義元が出撃を思いとどまったことに安堵する。だが、まだ危機が完全に去った訳ではない。尾張の地にいる限り、今川家に降りかかる凶事は止められないのだ。男は、そのことを誰よりもよく知っていた。

「治部よ」

さらに撤退を進言しようとすると、「お待ちあれ」とひとりの若い将が声を上げた。丸い顔に大きな耳たぶという優しげな顔とは対照的に、体つきはがっしりしている。赤備《あかぞな》えの鎧を着た松平元康《まつだいらもとやす》（後の徳川家康《とくがわいえやす》）だ。

「味方が籠《こも》る大高城は兵糧が尽きかけ、士気が低いと聞きます。この場にとどまれば、大高城から裏切者が出るやもしれませぬ」

「わかっておる」

顔を隠していた手をとって、義元は重々しく言う。

「大高城へ兵糧を入れる。それでよいだろう。誰か、我こそは采配をとりたいと願う者はいないか。名乗りでよ」

皆が静まり返った。

織田の包囲を抜けて、兵糧を運ぶのは危険な仕事だ。その割には、功が多いとは言い難い。皆、躊躇しているのだ。

「誰もおらぬのか」

誰も名乗りでない。献策した松平元康も、助けを求めるように周囲に視線をやる。

「今すぐにでも決めたいが、予は疲れた」

義元は、腕で乱暴に額を拭《ぬぐ》った。白粉が少し剝がれる。覗く肌は、確かに血色が抜けていた。きっと化粧を取れば、幽霊でも見たかのように青ざめているのではないか。

「軍議はここまでだ。皆は、大高への兵糧入れの準備を進めろ。荷車に、ありったけの兵糧を載せるのだ。采配する将は、おって沙汰をする。それまで、決して気を緩めるな」

今川義元は、じろりと男を睨《にら》んだ。

「いいな、儂は決して退かぬ。前へと進み、織田家を滅ぼすのじゃ。誰が何と言おうとな」

今川義元討ち死にの十一刻前
——五月十八日　申の刻（午後4時頃）

今川義元は評定の間を出て、近習《きんじゅ》や小姓を引き連れて歩いていく。先頭を行くのは、同朋衆《どうぼうしゅう》の権阿弥《ごんあみ》という僧侶だ。同じように僧服を着た男は、その横に並ぶようにして歩く。首を後ろへ向けて、義元に語りかけた。

「よくぞ、出撃を思いとどまった。だが、まだ万全ではない。尾張の地は凶の気に満ちている。儂にはわかるのじゃ」

義元は、前を見据えて足を進めるだけだ。額に汗が浮き、白粉を薄めていた。男の声が、耳に間違いなく入っている証左だ。

男は足を止めて、長い袖で包まれた両手を左右に大きく広げた。

「これ以上はならんぞ。すぐに引き返せ」

義元の足が止まる。続く近習や小姓たちがぶつかりそうになり、激しく狼狽《うろた》えた。

「総大将の儂が引き返せるわけがなかろう」

義元が男に一喝する。互いに仁王に立ち、睨みあう。

近習が恐る恐る義元の顔を覗きこむ。

「そ、そうでございます。ここで軍を返せば、鳴海と大高の城を見殺しにすることになります」

「こ奴らの言い分は聞くな。総大将は、お主でなくてもよいのじゃ」

男は必死に叫ぶ。義元の剃《そ》り上げた眉は、白粉の上からでもかすかに青かった。その眉が跳ね上がる。太刀に手をかけたので、近習たちがどよめく。

「他の者に采配を任せればいいではないか。お主は、今すぐに駿河の地へと帰るのだ」

男はさらに言い募るために、一歩前へ出た。

「黙れ、亡者め」

義元は、太刀を抜き放った。男の左肩めがけて、躊躇なく打ち下ろされる。渾身の力で操られた切っ先は、勢い余って床に突き刺さった。

一条の痛みが、男の体を斜めに走る。ちょうど切腹させられた傷を断つかのようだった。

「お、お館《やかた》様、どうされたのですか」

「そ、そうです。何を斬りつけたのです。目の前に誰かおるのですか」

義元は、鉄漿《かね》で塗られた黒い歯を震わせている。近習たちが、肩で大きく息をする義元を囲もうとした。

「ええい、ここに玄広恵探《げんこうえたん》がおるではないか。見えぬのか」

義元は男に――袈裟懸《けさが》けに斬りつけた玄広恵探に指を突きつけた。近習たちが指先をたどるように、玄広恵探を見る。しかし、彼らの視線は玄広恵探の顔に焦点が合わない。その背後で先導していた権阿弥を見ているはずだ。

義元以外の者には、玄広恵探の姿が見えていない。声も聞こえていないのだ。

「なぜ、見えぬのじゃ。おるであろう。奴めの声が聞こえるであろう。ここに花倉《はなくら》の乱で負けて切腹した玄広恵探めの亡霊が、おるではないか」

切腹と聞いて、玄広恵探の腹の傷が火で焼かれたかのように熱くなった。

義元は、太刀の切っ先を男の鼻先へと突きつける。

男の名は玄広恵探――今川義元の腹違いの兄である。若き頃は義元と同様に寺に入り、高僧を目指していた。ふたりの運命が変わったのが、二十四年前に玄広恵探と義元の兄ふたりが急死したことだ。突如、家督相続の候補になったふたりは、花倉の乱と呼ばれる争いに巻き込まれ、結果義元が勝利し、玄広恵探は切腹させられた。

「またしても、兄君の霊を見たのでございますか」

玄広恵探の背後から声がした。首を動かし横目で見ると、権阿弥が両手を合わせて念仏を唱えている。

そんなことをしても無駄だ。なぜなら、己は悪霊ではないからだ。

義元の尾張出陣が決まった日から、玄広恵探は夢枕に立った。藤沢《ふじさわ》の地では、輿《こし》に乗り行軍する義元の横に立ち何度も語りかけた（『当代記』などの歴史書にも、そのことは詳しく記載されている）。

だが、義元は聞き入れない。当然かもしれない。家督争いで殺し合った敵の言い分を、信じる方がおかしい。

そうとわかっていても、玄広恵探は言わねばならない。

「義元よ。今は花倉の乱の敵として、お主に言うておるのではない。今川家の行く末を案じる者として、お主の兄として言うておるのだ。今すぐに兵を尾張から退くのじゃ。今川家の凶事は、すぐそこまで迫っておるのだぞ」

今川義元討ち死にの十刻前

——五月十八日　酉の刻（午後6時頃）

皆、今日のうちに沓掛を発つつもりだったのだろう。義元の寝室から見える今川軍は二の丸や三の丸での寝所の設営と、大高城の兵糧入れの準備で忙《せわ》しなく動いていた。

その様子を亡霊である玄広恵探は、義元の寝室から見下ろしていた。

「ええい、愚図愚図するな。早く兵糧を足早の荷車に積み直せ。日が暮れるまでに終わらせろ。わかったか」

侍大将の声は大きいが、足軽たちの動きは緩慢だ。何人かの足軽が、恨めしそうに西の空に沈みゆく太陽を見つめている。駿河からここまでの行軍で、疲労が溜まっているのだ。五月十二日に駿府《すんぷ》城を出発してから、七日で約四十里（全百五十八キロメートル、一日約二十二キロメートル）もの距離を進み、沓掛の城に到着する強行軍である。疲れが溜まらない方がおかしい。

重々しい具足の音がしたので、玄広恵探は後ろを振り返る。寝室の戸が開き、金の鎧を着込んだ今川義元と近習たちが入ってきた。義元は玄広恵探を見て一瞬だけ足を止めるが、無視して部屋の中央に座りこんだ。

「化粧を落とす。手ぬぐいを持ってこい」

小姓が持ってきた手巾で、荒々しく顔を拭く。白粉が剝ぎ取られた。目の下に深い隈《くま》がついている。血色も悪い。腹の辺りに手をやって、義元は大きく顔を歪《ゆが》めた。

「大丈夫か、治部よ」

義元は一瞥さえしない。話しかけるなと、全身で玄広恵探を拒絶している。

やがて、ふたりの将が入ってきた。

「お館様、そろそろ大高城の兵糧入れの将を決めるべきかと」

どうやら闇夜をついての兵糧入れを画策しているようだ。夜の行軍は諸刃《もろは》の剣である。闇が敵から身を隠してくれるが、同士討ちの危険も高い。選ばれた将は、きっと無傷ではすまないだろう。

義元は腹にやった手を見つめてから、血色の薄い口を開いた。

「松平次郎三郎《じろうさぶろう》（元康）にやらせよ」

ふたりの将は視線だけを動かして、互いを見る。

「ですが、松平殿はまだ若年。もっと経験豊かな将がよろしいかと」

「よい。しくじっても構わん。岡崎《おかざき》衆が死ぬだけだ。こちらの旗本に傷はつかん」

今度ははっきりと、将ふたりが顔を見合わせた。

「確かに功少なく難多いこの仕事は、外様《とざま》の岡崎衆が適役かもしれませぬな」

言葉とは裏腹に、ふたりの顔は不満気だ。一言二言、義元と細部を打ち合わせて、立ち上がる。

「それでは、ただちに松平殿に伝えて参ります」

ふたりは深々と頭を下げて、部屋を出ていく。玄広恵探は義元の前を横切り、将たちの背中についていった。廊下に出て、小声で話しあっている。

「お館様は一体どうされたのじゃ。あれほど可愛がっていた松平殿に、こんな危うい仕事を任せるとは」

「玄広恵探様の亡霊のせいではないか。尾張の地にあれば、お館様に凶事が降りかかると言うておるのだろう。あるいは、外様の岡崎衆が裏切ると考えているのではないか」

「馬鹿な。人質も取っている。松平殿の岡崎衆は裏切らんだろう」

「儂もそう思う。だが、心配なのだろう。大軍師太原雪斎《たいげんせっさい》殿が亡くなってから、今川家の采配の一切をお館様がとっておられる。心労は計り知れん。松平殿には悪いが、それでお館様の気鬱が少しでも軽くなるなら、やむをえぬよ」

　廊下を曲がり、ふたりの姿は消える。

　玄広恵探は寝室に戻った。小姓たちが義元の鎧を脱がせて、小具足姿になろうとしている。重い鎧から解き放たれたというのに、顔色はよくならない。見えぬ荷を必死に負うているかのように、玄広恵探には感じられた。

今川義元討ち死にの八刻前
——五月十八日　亥の刻（午後10時頃）

暗闇の中、荷車をひく松平勢の姿を、玄広恵探は見つめていた。沓掛城の門が開く。持っていた松明《たいまつ》を番兵に預け、夜に飲み込まれるように姿を消していく。

振り向くと、義元が布団の上で寝ていた。横には屏風《びょうぶ》があり、不寝《ねず》の番の小姓がひと
り控えていた。

歩いて義元の枕元に立つ。膝を折り、顔を覗きこんだ。

「悪い男だな、治部よ」

義元の瞼《まぶた》が細かく震えた。目を瞑《つぶ》っているだけで、寝てはいない。

「人質の松平次郎三郎（元康）にどれほど目をかけていたか、儂が知らぬと思うのか」

大軍師太原雪斎を教師役として、松平元康に薫陶を受けさせたのは有名な話だ。また、
今日着ていた勇壮な赤い鎧も、義元が下賜したものである。

「それを捨て駒のように使うのか」

義元の表情が強《こわ》ばる。

「昔のお主はそうではなかった。優しい男だった。倒れている者がいれば、それが下賤の者であっても肩を貸してやった。だからこそ、人質の次郎三郎を立派な大将に育てたのだろう」

じっと義元の返答を待つが、口は閉じられたままだ。

「花倉の乱で儂が歯向かったのは、お主のような心根の優しい男では、乱世を生き抜けぬと思ったからだ。お主は僧侶でいるべきだったのじゃ」

義元がゆっくりと瞼を上げた。玄広恵探は、さらに顔を近づけて覗きこむ。義元の瞳には本来映るはずの玄広恵探の姿はなく、その先にある暗い天井の木目が見えているだけだ。

「覚えているか。お主が、雪斎和尚と京の五山へ旅立つ時だ。儂はお主を見送った。名残惜しくて、駿河を通り過ぎ三河を越えても、まだついていった。お主のことが心配だったのだ。だが、尾張に入った時、とうとう足が動かなくなった。儂は旅装ではなかったゆえな」

玄広恵探は思い出す。

山の合間にあり、強い風が吹き抜けることで有名な土地を通った時だった。強風に煽《あお》られて、玄広恵探は大地に強く打ち付けられたのだ。足を怪我してしまい、それ以上は進むことができなくなった。

「鼻の欠けた石地蔵があるところで、儂はへたりこんだ。覚えているだろう」

足を抱え呻く玄広恵探を地蔵が冷たく見つめていたのを思い出す。鼻のない顔は、まるで瘡毒《そうどく》（梅毒《ばいどく》）を患った病人のようだった。

義元は、ゆっくりと上体を起こした。屏風の裏の小姓が、すかさず姿を現し平伏する。

「喉が渇いた。水を持ってきてくれ」

小姓は一礼して部屋を出る。

寝室に、玄広恵探と義元のふたりの兄弟が取り残された。義元は首を動かし、今は亡き兄を見る。

「そういえば、そんなこともあったな。忘れておったわ」

表情は硬かったが、目元には微かに柔らかみが増していた。

玄広恵探は膝をつき、黒い僧服の裾をまくり上げた。臑《すね》が姿を現し、そこには斜めに大きな傷が入っている。

「怪我をした足を、お主は必死にさすってくれたな」

声が微かに湿っていることを、玄広恵探は自覚する。

「そうだ。予は傷ついたお主を介抱した。そして……」

義元は一点をじっと見つめ続けていた。やがて、ゆっくりと口を開く。

「そして、予は太原雪斎和尚に叱責された」

その時の言葉が、玄広恵探の脳裏に蘇《よみがえ》る。

――武道であれ仏道であれ、道を極めるならば弱者は置いていけ。

まだ十《とお》になるかならぬかのふたりの兄弟は、その言葉に抗《あらが》う術《すべ》を持っていなかった。

「覚えているだろう。予はその言葉を聞いて、お主を置いていった。いや、そうせざるを得なかった」

玄広恵探は無言で頷いた。

「だが、治部は――お前は何度も振り返ってくれた。鼻の欠けた石地蔵の側でへたりこむ儂を、心配そうに何度も見つめてくれた。雪斎の早足に引き剝がされまいと必死だったにも拘《かかわ》らずだ」

義元の方へと近づく。弟の肩に手をかけようとしたが、幽体の玄広恵探には無理だった。腕が虚空を掻く。

「思い出すのじゃ。あの頃、儂の足をさすってくれた頃のことを。雪斎和尚が死んでから、お主は弱き者を慈《いつく》しむ心を忘れてしまっている。それを思い出すためにも、一旦、兵を尾張から退くのじゃ」

玄広恵探の言葉に、義元の表情が過剰に反応した。柔らかかった目が変わる。

「退くだと」

瞳の潤いは消え、槍の穂先のような硬質の光が宿った。いつのまにか、眦《まなじり》も吊り上がっている。

「そんな弱気では、天下人になることはできん」

唸《うな》るように義元は発する。

「兄者を、今は亡者となった貴様を尾張の石地蔵の地に捨てた時から、儂は道を極めると決めたのだ」

鉄の鎖でからめとられたかのように、玄広恵探の体が固まる。

「そのためには、歩みを止めぬ。ついてこられぬ者は、捨てていくまでだ」

義元は素早く立ち上がる。足元に絡む布団を蹴飛ばした。

「誰かあるか」

鉄漿で染まった黒い歯を剝《む》き出しにして、吠えた。

隣の部屋で控えていた小姓や近習が慌てて駆け寄る。

「今すぐ攻め支度をしろ。大高の城を囲む織田の砦を潰す。先手は朝比奈備中《あさひなびっちゅう》だ。松平次郎三郎にも伝令を出せ、大高に兵糧を入れ次第、砦を攻めろとな」

近習たちがどよめいた。ひとりが遠慮がちに膝行《しっこう》する。

「恐れながら、兵たちは兵糧の準備と野営の支度で疲れております。不眠で攻めるは、いたずらに兵の士気を損なう……」

「黙れ」と、また義元が黒い牙を剝く。

「疲れて攻められぬというなら、今川の陣から去れ。弱き者はいらぬ。反対する者がいれば、そう伝えよ」

今川義元討ち死にの四刻前
――五月十九日　卯の刻（午前6時頃）

沓掛の城の本丸に幕を張り、義元は床几《しょうぎ》に座す。背後には砦のような城郭があり、林のように並ぶ篝火《かがりび》が壮観だ。白粉をほどこした義元の顔を妖《あや》しく浮かび上がらせ、幽霊の玄広恵探が見ても不気味に感じるほどだった。

頭上にある夜空が、白々と明けようとしていた。

伝令の兵が駆け込んでくる。

「お喜びください。丸根、鷲津の織田の砦が、陥落しました」

諸将がどよめく。

「どういうことだ。いつもなら、中島砦の援軍が来るはずだが」

将のひとりが伝令に問いただす。

「はっ、どういう訳か、援軍は現れず、大高を囲む敵の砦はなぜか孤立しておりました」

諸将は顔を見合わせた。義元の側に立つ玄広恵探も首を捻《ひね》る。

「潮だ」と、言い放ったのは義元だった。

皆の視線が集中する。

「あっ」と、誰かが声を上げた。

「そうか、今は満潮だ。海沿いの道は使えん」

何人かが手を打って同調する。

今川軍の最前線基地の大高城と鳴海城は、海や潟に面していた。引き潮、満ち潮によって地形が大きく変わり、道も現れたり消えたりする。満潮によって織田の援軍の足が止められてしまい、容易に砦を陥落させることができたのだ。

「恐れ入りました。まさか、潮の満ち引きまで考えての采配とは」

ひとりの将が深々と頭《こうべ》を垂れると、皆も一斉にそれに倣う。さすがの玄広恵探も、同様の思いであった。

夜は明け、空を覆う雲が灰色に浮かび上がろうとしている。

「よくやったな、治部」

鈍い朝日に洗われる義元の顔に語りかけた。

「だが、もう十分だ。大高城の囲みが解ければ、鳴海の城の包囲もじきに崩れる。すぐに駿河に戻るのだ」

玄広恵探の言葉に、義元は嘲笑で応えた。

不審気に諸将が見る。義元はゆっくりと立ち上がり、全員の視線と注意を見えぬ手で束ねた。

「これより沓掛の城を出て、尾張領深くに侵入する」

「馬鹿な」と叫んだのは、玄広恵探だけだった。居並ぶ諸将は、「応っ」と小気味よく返事をする。

「軍をふたつに分ける。一隊は、大高の城の朝比奈備中らと合流し、鳴海の城へ入り、包囲する織田の砦を内側から崩せ」

さらに義元は怒号のような命令を発する。

「そして、いま一隊は予が自ら采配をとる。鎌倉街道を外れ、鳴海への道を一直線に行き、囲む砦を外側から破る」

砦を挟み撃ちにする作戦に、諸将は勝鬨《かちどき》のような雄叫《おたけ》びを上げた。

「よいか。砦を落としても終わりではないぞ」

ぴたりと声が止《や》む。

「その後、軍をひとつにまとめて、目指す」

義元は指を西北の空に突きつけた。

「織田上総介のいる清洲城だ。織田を破り、尾張を手中にいれる」

義元の言葉が終わるや否や、侍大将たちは陣幕を撥ね上げて出ていく。ひしめく足軽たちの姿が見えた。不眠不休で働き続けた彼らの目元には、深い隈が彩られている。

「よせ、治部。何度言ったらわかる。これ以上、進むのは危険だ」

玄広恵探は義元の前へ立ち塞がる。

「輿《こし》を持て。今すぐ予も発つ。後れをとることは許さん。こられぬ者は、捨ててゆくぞ」

玄広恵探を睨みつつ、義元は罵声を浴びせるかのように命令した。

今川義元討ち死にの三刻前
――五月十九日　辰の刻（午前8時頃）

赤い塗り輿に乗った義元が、悠々と道を行く。手には鞭《むち》が握られ、何度か輿を叩いた。その度に、輿を担ぐ人足の足が速まる。

煌《きら》びやかな鎧をまとった旗本が、具足を鳴らして続いていた。その中に、玄広恵探は混じっている。義元を守る親衛隊たちの間から、輿の上の弟を見上げた。

「行くな、治部。頼むから戻ってくれ」

義元は前を向いたまま、また鞭を振った。全員の足がまた速まる。

「伝令っ」と、叫び声が聞こえた。軍を掻き分けて、前からひとりの兵がやってくる。

「足を止めるな。歩んだまま話せ」

伝令がたどりつく前に、義元は命令を発する。

「織田上総介、清洲の城を出たとのことです」

輿に並んで歩きつつ、兵は伝える。

「数は」と訊《き》いたのは、近習も務める旗本のひとりだ。

「はい。武者は十人に満たぬ数です。雑兵もあわせてやっと百ばかりかと」

「少ないですな。これは虚報か、あるいは陽動でございましょう。上総介めは、まだ清洲の城にいると見ました」

旗本のひとりは、確信に満ちた語調で言う。

義元は前を向いたまま、顎に手をやる。

「他に動きは」

その姿勢のまま口だけを動かした。

「はっ。織田上総介、出撃の前に『敦盛《あつもり》』を舞ったとのことです」

玄広恵探の頭に、『敦盛』の一節がよぎる。

――人間《じんかん》五十年、下天の内をくらぶれば夢まぼろしのごとくなり。

五十年が一日にあたる下天の神から見れば、人の一生など幻のようなもの、という意味である。

「面白い奴だ」

黒い歯を見せて、義元は快笑する。

「気に入ったぞ。どこぞの亡者とは違い、風流を解するようだ」

ちらりと玄広恵探を見た。

「お館様、どうされます。念のため、軍を止め、敵の様子を探るべきかと」

「否、陽動に間違いありませぬ。ここは行軍を止めずに、進みましょう」

旗本ふたりの進言を、謡《うたい》でも聞くかのように義元は耳を傾ける。

「戻るのだ、治部。今なら間に合う」

ふたりの旗本の頭の間から、玄広恵探は叫んだ。義元は腕を伸ばし、指を突き出す。

「面白い。うつけと呼ばれた織田上総介がどれほどのものか、検分してやろう。あの山へ向かえ。陣を張るぞ」

旗本や伝令たちが、一斉に首を向けた。小高い丘のような山がある。

「あの山で織田上総介めの動きを見極める。奴めが打って出るならよし。予自らの采配で、息の根を止めてやる」

「なるほど、山上の陣ならば奇襲をかけられても、なにほどのことはないですな」

旗本のふたりは頷いた。

「わかりました。あの山に兵を送り、陣を築きます」

旗本は、義元にやっていた顔を前へ向けた。

「お館様のご命令だ。足軽たちに伝えろ。今すぐにあの山へ向かえ。お館様が到着するまでに柵を並べ、堀も深く穿《うが》つのだ。急げっ」

旗本の命令に、伝令たちが飛び散る。玄広恵探は輿にすがりつこうとするが、できない。醒めた目で、義元に見下された。

ふんと鼻で息をした後に、目を前へと戻す。

「誰か、陣を布《し》く山の名を知っているか」

「は、桶狭間《おけはざま》山と聞き及んでおります」

「桶狭間」と、玄広恵探は呟《つぶや》いた。

なぜだろうか。言いようのない不吉を、玄広恵探は感じる。それは地獄と同等の凶の気を放ち、玄広恵探の心を凍《い》てつかせた。

今川義元討ち死にの二刻前
——五月十九日　巳の刻（午前10時頃）

織田の奇襲部隊が、桶狭間山に陣取る今川義元の本陣へと襲いかかっていた。ちょうど義元は謡を歌っていたところだ。足軽たちに舞台を設《しつら》えさせて、鷲津丸根の両砦陥落を言祝《ことほ》いでいた時、喚声が山下から沸き起こる。

しかし、義元は歌うのを止めない。

「何をしている。敵が攻めてきたのだぞ」

玄広恵探は舞台にかぶりついて叫ぶが、義元は扇を手に口ずさみ続ける。

「敵の数は」と、兵に問いただしたのは旗本のひとりだ。

「はい、二百ばかりかと」

歌う義元の口が笑みで象《かたど》られる。

迂闊にも、玄広恵探は胸を撫で下ろしてしまった。二百であれば、あまりにも兵が少ない。足軽や人夫が疲れた体に鞭打ったおかげで、すでに桶狭間山の本陣には幾重にも柵が張り巡らされ、要所には堀さえもあった。これを落とすには、奇襲とはいえ少なく見積もっても千以上の兵が必要だ。

まだ陣を構築途中と見誤った、織田軍の勇み足である。

「打ち払いますが、よろしいですか」

義元は歌い続けた。それが、旗本の進言を受け入れた印だった。

「敵を蹴散らせ。遠慮はいらぬ。今川の旗本の強さを、尾張の野猿に見せつけろ」

たちまち威勢のいい指示が飛び、鯨波の声が沸き起こった。矢叫《やさけ》びの音が曇天の空を覆う。大軍が山を駆け下りたのか、地響きがして、玄広恵探の幽体でさえもかすかに揺れるほどだった。

しばらくもしないうちに、矢叫びは途絶える。

三方《さんぼう》に載せられたふたつの首が、舞台で歌う義元の前に運ばれてきた。

「敵将の佐々《さつさ》、千秋《せんしゅう》を討ち取りました」

義元の謡が止んだ。

「見事だ。首を取ったものには、予の太刀を下賜せよ」

そして、舞台のすぐ前に立つ玄広恵探に目をやる。

「見たか。これが天下人の戦いだ。もし、歩みを止めていれば、休んで陣を造る手を止めていれば、こうはいかなかっただろう」

玄広恵探は反論できない。

馬蹄が鳴り響いた。騎馬の武者が、義元のもとへ駆け上がってくる。思わず、玄広恵探は横に避《よ》けた。鞍《くら》から飛び降りて、舞台の前で両膝をつく。

「織田上総介めを見つけました。先ほど善照寺《ぜんしょうじ》砦を出て、中島砦に入ったとのことです。その数、およそ二千。さらに中島砦の門を大きく開き、打って出る気勢を上げております」

旗本たちがざわめいた。

「まことか」

「はい、確かに永楽銭の旗印を見ました」

織田信長が、永楽銭の旗印を持つことは皆が知っている。永楽銭の旗印に率いられた強力な馬廻衆《うままわりしゆう》は、あの武田信玄《たけだしんげん》でさえも一目置くほどだ。

場にいる全員が素早く目を交わらせた。無意識だろうか、何人かが舌なめずりする。中島砦は、義元本陣が今まさに攻めるために進軍している砦だ。その砦に敵の総大将という一番手柄が出現し、無謀にも野戦を挑もうとしているのだ。乱世に生きる者ならば、好機と思わぬ方がおかしい。信長が砦を出てくれるなら、圧倒的な兵力で容易に討ち取ることができる。

皆が舞台の上の義元を見た。

「治部、周りをよく見ろ」

玄広恵探は叫びつつ、長袖をなびかせる腕で足軽や人夫たちを示した。徹夜の行軍、構陣、先程の合戦、もろもろの疲労が泥のように顔にへばりついている。何より、義元の士卒の多くは槍を持っていなかった。かわりに、斧、熊手、大鋸《おおのこ》、梯子《はしご》などの攻城七つ道具を、背中に負う籠に入れている。織田信長が清洲から打って出てこないと思いこみ、野戦のための長槍を沓掛や後続の輜重《しちょう》に預けてしまったのだ。

「お主もわからぬはずはなかろう。野戦の支度が少ない、さらに兵は疲れている。沓掛に戻れ」

言葉を払い落とすかのように、義元は扇子をうるさげに振った。

「それが無理ならこの山を動くな。ここで待ち受けろ」

「馬鹿め。ここにいては、上総介がのこのこと現れるはずはなかろう。逆に中島砦に籠られては、鳴海城の包囲を解くのも難しくなる」

玄広恵探に放った言葉だったので、旗本たちは意味を理解できずに口をぽかんと開ける。

「すぐに出陣する。上総介と野戦で雌雄を決するぞ」

「待て」「お待ち下さい」

舞台を降りようとする義元に、ふたつの声がかかった。無論のこと「待て」と発したのは、玄広恵探だ。いまひとり制止した旗本が、義元の前へと進み出る。

「先程の奇襲で隊列が乱れております。いま、しばしお待ちください」

「いかほどかかる」

「は、四半刻《しはんとき》（約三十分）ほどかと」

「遅い。その間に、上総介が籠城を決意したら何とする」

「申し訳ありませぬ。乱れた隊列が、道を塞いでおりますれば」

義元は、扇子で己の太ももを強く打ちつけた。

「まあ、よい。待つ。ただし、予がひとつ歌い終わるまでだ」

進言した旗本の眉間が固く強ばる。

「それでも隊列を乱す兵がいる時は、斬って捨ててでも進め。たとえ亡者であれ、容赦するな」

最後は、玄広恵探を睨んで義元は言い放ったのだった。

今川義元討ち死にの一刻前
――五月十九日　午の刻（午前12時頃）

攻城七つ道具を背負う兵たちが、重そうに足を引きずっていた。時折、下山したばかりの桶狭間山の陣を恨めしそうに振り返る。天は厚い雲に覆われ、雷の音も聞こえる。大気に、水気が濃く含まれていた。

水滴がひとつふたつと落ちてくる。

やがて、雨が矢玉のように天から降り注ぐ。歯を食いしばって、兵たちは必死に足を前に出した。

それでも、義元の輿の歩みは緩まない。時折、鞭で輿を叩き、足を速めさせる。左右にいる旗本がかざす傘の隙間から雨は浸入し、義元の化粧を薄め、鬼気迫る表情を覗かせていた。

「頼む、治部。お願いだ。戻ってくれ」

よろける足を動かして、玄広恵探は懇願し続けた。雨が幽体を通過するたびに、火縄を射ち込まれたような痛みに襲われる。気が狂いそうな苦しみに耐えつつ、「行かないでくれ。戻ってきてくれ」と訴えた。

もうそれしか、玄広恵探にできることはない。

玄広恵探の背に、悪寒が走った。地から伸びた手に摑《つか》まれたかのように、足が止まる。

「なんだ」

「奇妙な音がするぞ」

何人かが同時に口にした。

雲の中で轟《とどろ》く雷鳴の中に、異音が混じっている。ひとつではない。何千、何万、いやもっと多い。

「げえっ」と叫んだのは、義元の傘を持つ旗本だった。

突如として、頭上から大量の雹《ひょう》が降り注いだのだ。ひとつひとつが大人の握り拳ほどもあろうか。

何人かの足軽の頭に当たり、血を噴いて倒れる。幾人かは腹や足を押さえて踞《うずくま》る。

鞭が空を切り、輿が高らかに音を立てた。

「進め。止まることは許さん」

傘を突き破る雹に怯《ひる》むことなく、義元はさらに言い放った。

「動けぬ者は、捨てろ」

この言葉で、兵たちは体を折るようにして、前屈《まえかが》みになった。打ちつける雹を、背中で受けて耐える。

それは玄広恵探も同じだった。氷の塊が幽体を打ち抜くたびに、地獄の鬼共の折檻《せっかん》を思い出していた。酩酊《めいてい》したかのような足取りでしか歩けない。

徐々に、義元の輿との距離が開く。

なんとか、追いつこうと歯を食いしばると、さらに義元が輿を鞭で叩き、引き剝がされた。

義元は、顔を打つ雹を手で防ごうともしない。前を睨みつけたまま、「進め。足を止めることは許さん」と怒鳴っている。

「治部よ、なぜ、そこまでして進む」

玄広恵探は、とうとう両膝をついた。四つん這《ば》いになって、前へ行く。

ふと、顔を上げた。

引き離されたと思っていた義元の輿に近づいている。

なぜだ、と自問しつつ玄広恵探は立ち上がった。

理由はすぐにわかった。

義元の輿が止まっているのだ。

「どうして」

呟きつつ、ゆっくりと近づく。

破れた傘の陰から、義元の横顔が見えた。化粧は全て剝げ、血色の悪い肌が見えている。

横を向いて、道端の何かを見ていた。

つられるように、玄広恵探は義元の視線を追った。赤子ほどの大きさのものが屹立《きつりつ》している。

「あっ」と、小さく叫んだ。

道端にあったのは、石地蔵である。

玄広恵探の体が震え出した。

地蔵の鼻が欠けているではないか。記憶の頃より目鼻の彫りが浅いのは、風雨によって削られてしまったからだろう。かつては瘡毒を患った病人のようだった顔は、穏やかささえも漂うようになっていた。

忘れるはずがない。ここは、幼少の頃、京の五山へ行く義元と別れた場所ではないか。

「お館《やかた》様、どうして立ち止まるのですか」

傘を持つ旗本のひとりが、義元の顔を不思議そうに覗きこんだ。

「そうです。ここは道が狭くあります。足を止めるべきではありませぬ」

義元は雨滴を飛ばすように、首を振った。

「ここでしばし休む」

「しかし、ここは深田や沼が入り組んだ危地でございます」

「構わん、ここで休む。兵たちに弁当を渡してやれ。雹を防ぐためなら、木陰で休んでもいいと伝えろ」

「なりませぬ、ここは一刻も早く通過してしまうが吉でございます」

「予の命がきけぬのか」

慌てて旗本は頭を下げた。間髪いれずに、休憩の命令を飛ばす。

力尽きたように、兵たちはその場に倒れこんだ。

雹は小さくなったとはいえ、まだ今川軍を激しく打擲《ちようちやく》している。雨もさらに強くなっていた。

小姓たちが新しい傘を持って駆け寄ってくる。

「予のことはよい」

小姓たちが立ち止まった。

「それより、薬を持ってきて、あの者の手当をしてやれ」

石地蔵の方を指さす。そこには、十代前半と思《おぼ》しき、若い足軽がひとりうずくまっていた。雹に当たったのか、膝から下の臑が真っ赤に染まっている。すり切れて綻《ほころ》びが目立つ草鞋《わらじ》も、血に染まっていた。

「あの者の脚の手当が終わったら、すぐに発つ。その間に飯を腹に入れて、息を整えろ」

いつのまにか義元の目元の硬さは消え、慈しむような眼差《まなざ》しになっていた。玄広恵探の視線に気づいたのか、慌てて向き直る。

「勘違いするな。進むために、休むだけだ。予は決して退かぬ。決してな」

小振りの雹が風に乗って、兄弟に強く降り注いだ。今川義元は前を睨み続けている。まるで、自らの顔を痛めつけるかのように。

「予は絶対に退かぬ」

玄広恵探は、もはやそれに反論する言葉を持たなかった。

今川義元討ち死にの刻
——五月十九日　未の刻（午後2時頃）

霰が顔を打っても、義元はずっと同じ姿勢でいる。氷の塊は皮膚を破り、赤い血が義元の顔にいくつも線を引いていた。それでも黒い歯を食いしばり、弟は耐えている。

やがて、薬箱を持ってきた小姓が駆けつけてきた。

「お館様、お手当を」

「儂ではなく、足軽の手当をせよと言ったであろう」

「は、はい。ですが、あの足軽め、殊勝にも、お館様のお顔の傷を先に手当してくれ、と申しました」

「なに」と、義元は問い返す。

「お顔の傷はもとより、今川家の棟梁としてのご心労を考えれば、某《それがし》の傷などは浅い、と言っております。それどころか、お館様の行軍についていけぬ己の非力を恥じておりました。まずはお館様にお薬をと、それればかりを繰り返しておりまする」

小姓の言葉に、義元は顔を伏せた。音がするほど強く鞭を握りしめる。

一体、どれほどそうしていただろうか。

「あの足軽に伝えてくれ」

義元の口から零《こぼ》れた言葉で、沈黙が破られる。

「すまなんだ、と」

小姓は不遜にも義元を直視した。義元はそれを咎《とが》めずに、言葉を継ぐ。

「尾張の地まで見送ってくれたのに、見捨てるような真似をしてすまなんだと」

かろうじて玄広恵探にだけ聞こえるほどの小声だった。小姓は首を傾《かし》げつつ、躙《にじ》り寄る。

「お、恐れながら、いま一度、おっしゃってください」

小姓が聞き返した直後だった。

玄広恵探や義元を含めた全員の目が、前を向く。

木々が急激に傾《かし》いでいるではないか。こちらに倒れるかのように、太い幹が大きくしなっている。

不気味な唸り声のようなものが、今川軍のはるか先から聞こえてくる。

上から下に打ちつけていた雹と雨の角度が、突如として変わった。矢のように兵たちの顔や腹を射つ。

「う、うわぁぁ」

足軽や旗本たちの足が浮く。

凄《すさ》まじい暴風が、今川軍に襲いかかってきた。木々は折れ、そのいくつかは凶器となって、旗本たちを薙ぎ倒す。

義元を守る傘は剝ぎ取られ、朱塗りの輿は地に叩きつけられた。

金鎧で覆われた義元の体も大地にめり込む。

落雷がひとつふたつと地に落ち、断末魔の悲鳴が飛び散った。

吹きすさぶ風が弱まり、やっと雹が斜めに落ちるようになって、玄広恵探は起き上がる。

義元が遅れて片膝を立てる。

ふたりで周囲を見回し、息と唾を同時に飲み込んだ。

旗指物や攻城七つ道具が、大地にまき散らされている。血を噴き零す兵が、その間を埋《う》めていた。ぽつりぽつりと上半身を起こし始めるが、ほとんどが気を失っているようで数えるほどしかいない。

急速に雨と雹が弱まり、雲も薄まる。

それとは対照的に、玄広恵探の胸をどす黒い不安が覆う。

――今、もし、織田上総介に攻められたら。


太刀で斬ったかのように、雲が両断された。

陽が差し込み、大地に照りつけ、光の道をつくる。

義元とふたりで、道の先を見た。そこには見慣れぬ武者の一団がいる。旗指物をなびかせ、静かな殺気を放っていた。

目を凝らす。

旗指物には、永楽銭が鮮やかに染め抜かれていた。

先頭の壮年の武者が、馬上で刀を抜く。光の道を示すかのように。いや、その先にいる義元を刺し貫くように、切っ先を向けた。

「我こそは、織田〝上総介〟信長。そこにおわすは、今川〝治部大輔〟義元殿とお見受けした」

声は大きくはなかったが、手練《てだれ》の射手によって放たれた矢のように、義元と玄広恵探へと届く。

「我が背から吹く強風に乗って軍を走らせれば、まみえたは天佑なり」

織田軍の長槍の穂先が、一斉に義元に向けられた。

「いざ、かかれ。目指すは総大将の首のみ。他は打ち捨てにせよ」

信長の背後から沸き上がった音は、鯨波の声などという生易しいものではなかった。飢えた狼の咆哮《ほうこう》のような怒号と共に、織田兵が襲いかかる。

義元と玄広恵探は、立ち尽くす。慌てて駆け寄った旗本の数は、両手の指で数えられるほどしかいなかった。

狼狽える旗本たちの隙間から、誰かがこちらを見ていた。

玄広恵探は顔を向ける。

鼻の欠けた石地蔵が、今川家の兄弟ふたりを醒めた目で見つめていた。

山本勘助の正体

永禄四年（1561）九月九日
辰の刻（午前8時頃）
この十二刻（24時間）後、
山本勘助は戦死する。

山本勘助《やまもとかんすけ》とは、一体何者なのだ。

歩きつつ、武田《たけだ》〝太郎《たろう》〟義信《よしのぶ》は呟《つぶや》いていた。

川中島にある海津《かいづ》城の武者溜りの広場には、武田の軍兵がひしめいている。武田信玄《しんげん》の嫡男ということで、すれ違う足軽や将たちは皆恭《うやうや》しく頭を下げていく。そのひとりひとりに、武田太郎は目をやる。

こ奴が、山本勘助か。それとも、あ奴か。

鋭い視線を向けたので、何人かが大げさにたじろいだ。この程度で、幻の大軍師が怯《ひる》むはずがない。いや、そういう芝居をしているのか。

「本当だって、信じてくれ」

兵糧を肩に担ぐ足軽が、味方に語りかける声が耳に飛び込んできた。

「おらの兄貴は、山本勘助様を見たんだ。そして、血塗《ちぬ》れの手ぬぐいを託されたんだよ」

「嘘つけ。てめえら兄弟みたいな下郎のところに、あの山本勘助様が現れるはずはねえ」

武田太郎は足を止めた。

「そんなに言うなら、勘助様はどんな姿形《なり》をしていた。言ってみろ」

「そら、あれだ。片目で片足をひきずって、指も何本か欠けてて……」

「じゃあ、潰れた目は右か左か？　動かぬ足は、左右のどっちだ。指はどこが欠けていた」

兵糧を担いだ足軽は言葉に窮する。

「どうした。言ってみろ」

「無理だよ。兄貴は三年前におっ死《ち》んだ。そこまでは詳しく聞いてねえ」

「勘助様を見たって奴は、みんなそう言うのよ」

周りにいた足軽たちが、一斉に笑い出す。

苦いものが、武田太郎の口の中に満ちる。

山本勘助は謎の軍師だ。誰も、その正体を知らない。人知れず武田の陣を訪れ、足軽や将など、これはといった者を見つけ出す。そして暗闇や物陰から声をかけ、策を託すのだ。時には武者姿で、ある時は虚無僧《こむそう》、忍者や足軽、百姓の時もある。

素顔をまともに正視した者はいない。皆の言葉を合わせると、隻眼、片足が不自由、両手の指もいくつか欠けている、という異形の武士になる。しかも潰れた目と不自由な足の左右、欠けた指の本数が、人によってばらばらなのだ。

怪人山本勘助の証言で共通することが、ふたつある。血塗れの手ぬぐいを、策と共に手渡すこと。そして、授けた策がことごとく当たること。

その実体を知るのは、父である武田信玄とその弟にして〝甲斐《かい》の不動の副将〟の異名をとる武田〝典厩《てんきゅう》〟信繁《のぶしげ》しかいない。武田家の嫡男の太郎にさえ、その正体を秘匿されているほどだ。

「本当に兄貴は見たんだって」

怒鳴る足軽を、武田太郎は睨《にら》みつける。

必ずや、山本勘助を探し出す。

腰の刀に手をやった。

そして、この手で山本勘助を殺す。

そうせねばならぬ理由が、太郎にはある。

鳴るほどに強く柄《つか》を握りしめた時だった。

「太郎様」と呼びかけられた。いつのまにか、すぐ背後にひとりの男が立っていた。長者風の長い髭を顎から垂らしているが、顔つきは若い。

「なんだ、采女《うねめ》か。背後に忍び寄るとは、無礼にも程があるだろう。足音を消し背中を取るのが、駿河《するが》者の流儀か」

顎髭を隠すようにして頭《こうべ》を垂れた。この男は太郎の妻の従者で、名を采女という。気配を感じなかったのも当然で、この男は実は駿河今川《いまがわ》家の忍者だ。今川家の大軍師太原雪《たいげんせつ》斎《さい》が手足として使った、蒐《しゅう》ノ衆《しゅう》のひとりである。

「嫡男にも拘《かかわ》らず、不用意に陣を歩く方に言われとうございませぬ。奥方様から、しかとお守《まも》りせよと言われておりますゆえ」

髭を揺らし、商人のようなふくよかな笑みを向けてくる。武田太郎の妻は、昨年起こった桶狭間《おけはざま》の合戦で討ち死にした今川義元《よしもと》の娘である。采女は、妻の身辺警護の士として駿河からやってきたのだ。

「勘助のことを考えると、陣に座ってはおられぬのだ」

また背を向けて、歩き出した。足音も立てずに、采女はついてくる。

「そのことでございますが、大事なお話があります」

思わず足を止めた。

「もしや、勘助めの正体がわかったのか」

采女は顎髭を撫《な》でつつも、油断なく周囲に目をやる。ゆっくりと間合いを潰し、「お耳を」と語りかけた。

「本国の蒐ノ衆も使い、怪しいと思う者をふたりに絞りました。まずもって、このふたりのうちのどちらかが、山本勘助でありましょう」

太郎は、采女の口から耳を引き剝がした。

「ここでは話ができかねます。急ぎ、陣へ帰りましょう」

山本勘助戦死の十刻前
——九月九日　午の刻（午前12時頃）

武田太郎と采女には、山本勘助を殺さねばならない理由がある。前年、妻の父今川義元が桶狭間で戦死した結果、武田家で急浮上したのが、今川家との同盟を破棄し、駿河へ攻め込むべきという考え方だ。噂では、その戦略を練っているのが、幻の大軍師・山本勘助だという。

今は武田太郎らが、今川領侵攻を企てる一派を必死に押しとどめている。しかし、もし山本勘助が血塗れの手ぬぐいと共に、今川家滅亡の策を授ければどうなるか。今川家へ攻め込むべきと大合唱が始まるはずだ。そして、武田家は同盟を破棄して、軍を駿河へと向ける。妻のためにも、それだけは阻止しなければならない。そのための方策はひとつしかない。

幻の大軍師・山本勘助を殺すのだ。

今回の川中島は、今までとは違う。上杉《うえすぎ》〝弾正小弼《だんじようしようひつ》〟政虎《まさとら》（後の謙信《けんしん》）は決死の覚悟で布陣しており、死者が出る大きな合戦になることは必至だ。間違いなく、山本勘助は、血塗れの手ぬぐいと共に武田軍に策を授ける。その機を逃さず、正体を見極め、乱戦の中で息の根を止めるのだ。


武田太郎の陣は、本丸にある。櫓《やぐら》を巨大にしたような館《やかた》があり、それを守るように幕を張り巡らしていた。父信玄のいる館から見下ろされるような格好だ。陣に帰り、太郎は床几《しようぎ》に腰を下ろす。人払いを命じて、采女とふたりきりになった。

「で、目星をつけたふたりとは」

普通の声でも十分なのに、武田太郎は囁《ささや》くように訊《き》いてしまった。

「は、まず、最も怪しきは……」

采女は言葉を飲み込んで、間をとった。その所作から、武田太郎の近しい人だと悟る。

「武田典厩様でございます」

父信玄の弟にして、武田家の副総帥だ。文武両道で、山本勘助の正体であっても何らおかしくない。何より信玄以外に山本勘助の正体を知る唯一の人間である。

「叔父上の典厩様が山本勘助ならば、厄介ですな」

武田太郎は睨みつけた。

「見くびるな。叔父だからといって、決意が鈍る程度の覚悟と思ったのか」

太郎の父の信玄は祖父の信虎《のぶとら》を追放し、国主の座についた過去がある。武田家には、親子相克の血が流れているのだ。貴公子然とした穏やかな風貌ながら、太郎の内面にもその気性は引き継がれていた。

「申し訳ありませぬ」と、采女は殊勝に頭を下げる。

「そして、今ひとりでございますが」

万が一にも聞き漏らさぬために、武田太郎は体を近づける。

「山本菅助が怪しくございます」

武田太郎は首を捻《ひね》った。誰のことを言っているのか、判じかねたのだ。

「スガ助の方の菅助でございます」

「あぁ」と、声を上げる。

山本菅助――武田家の侍のひとりである。山本勘助と同音のため、陰では「スガ助」と菅の字の読みを変えて呼ばれている。使者としての働きが多く、槍働きや軍師としての力量は低い。が、だからこそ……とも考えられる。あえて、同音の名前にして凡夫《ぼんぷ》を装い、疑いから逃れる方策ではないのか。

「武田典厩の叔父上か、山本スガ助か」

腕を組んで、武田太郎は考える。

「だが、ひっかかることもあるぞ。このふたりのうち、どちらかが山本勘助だとすれば」

「はい、おふたりとも隻眼ではありませぬ。両足も健在で、指も欠けているわけでもありませぬ」

頷《うなず》いて、武田太郎は先を促した。

「山本勘助が血塗れの手ぬぐいと共に参るのは、闇夜が多うございます。昼の時は、背後や物陰から声だけで策を託し、決して姿を見せませぬ。目と足の不自由を演じるのは容易です。そして、欠けた指も」

采女は、右手の人さし指とくすり指だけを折り曲げて見せた。暗闇では指が途中で欠けたように見えても、不思議はない。

「なるほど。では、ふたりのうちのどちらかが……」

手を上げて、采女が武田太郎の言葉を遮った。しばらくすると足音が届き、人の気配がやってくる。

「失礼いたします」

囲っていた陣幕が開いて、白髪頭の武者が現れた。右の小鼻には大きな黒子《ほくろ》があり、それが男の顔相を間の抜けたものに変えていた。

武田太郎が采女と目配せする。知らず知らずのうちに刀の柄を握ったのは、入ってきたこの男こそが山本菅助だからだ。

山本菅助が恭しく一礼する。

「お話し中のところ申し訳ありませぬ。お館様と典厩様がお呼びです」

朴訥《ぼくとつ》な声は、まるで農夫のような趣である。

とても幻の大軍師とは思えない。

だが、もし山本勘助が化けるなら、才気溢《あふ》れる武者を演じるはずはない。凡夫だからこそ、怪しいのではないか。

猜疑心が面《おもて》に現れぬように注意しつつ、太郎は咳払いをひとつした。

「わかった。支度をして、すぐに行く。先に戻って、父上と叔父上にそうお伝えしてくれ」

「ははあ」と、山本菅助は大げさに返事をして、陣幕を出ていく。その姿は、猟犬のように忠実で、身の内に恐ろしい策謀を飼い馴らしているようには感じられない。

「太郎様、殺《や》るならば、いつでも声をお掛けください」

横にいる采女が、山本菅助の後ろ姿を睨みつけた。懐に手をやっているのは、手裏剣を握っているのだろう。

「よせ。まだ、あ奴が山本勘助とは確信が持てぬ。それよりも、叔父上に会えるのは良い機会だ。叔父上が山本勘助かどうかを、この目で見極めてやるわ」

山本勘助戦死の九刻前

——九月九日　未の刻（午後2時頃）

館の奥にある評定の間の前には、番兵が幾人もいた。武田太郎は采女に「ここで待て」と指示を出す。

戸を開けると、四つの菱形を染め抜いた武田菱の垂れ幕がまず目に入ってきた。家紋を背負うかのような位置に、ふたりの武者がいる。ひとりは広い肩幅を持ち、入道頭に立派な髭を頬と口に蓄えている。武田太郎の父の武田信玄だ。その隣には、同じくらいの背丈の武者が侍《はべ》っていた。澄んだ瞳は智を、盛り上がった腕は武を感じさせる。武田信玄の弟、武田〝典厩〟信繁である。肩が触れ合う間合いで話すのが、この男への信玄の信頼の厚さの証《あかし》だ。

武田太郎に対してふたりは一瞥したが、話を止《や》める気配はなかった。手で典厩が座るように指示したので、素直に従う。

「それにしても、実体なき虚《うつ》ろなものほど、恐るべきものはないな」

信玄は卓の上に置かれたものを睨んだ。武田太郎の眉間が強《こわ》ばる。信玄の目の前にあったのは、位牌の半分ほどの大きさの厨子《ずし》だ。朽ちた観音扉があり、護符のようなもので厳重に封印されている。

「全くでございます。実体なきがゆえに、御するのは難しくございますな」

言葉ほどには、典厩は弱っている風もなかった。

父が言う〝実体なき虚ろなもの〟とは、川中島にあった善光寺のことだ。過去三度にわたる川中島の戦いは、全て善光寺の支配権を懸けたものだった。

善光寺は、〝制するものが信濃《しなの》を制する〟と呼ばれる政治経済宗教の中心地だ。阿弥陀如来の生き仏と呼ばれる本尊を求めて、全国から参拝者が集まり、戸隠《とがくし》や飯綱《いいづな》などの霊地さえも支配下に置く。この善光寺を懸けて、古くは源平の時代から川中島で合戦が繰り広げられた。

善光寺とその周辺は摩訶不思議な土地である。信濃の中心でありながら、地政的に優れていない。豊かな田畑や鉱山もない。では、なぜ栄えたか。それは〝実体なき虚ろなもの〟のおかげだ。阿弥陀如来の生き仏と呼ばれる本尊を求め、人々が集まった。つまり、善光寺を支配するには、本尊を奪取すればいい。

最初に気づいたのは、上杉政虎だった。天文二十四年（一五五五）に善光寺の仏具宝物を奪い、越後《えちご》に浜善光寺を建立する。だが、上杉政虎はしくじった。本尊と思って奪ったのは、前立《まえだち》本尊と呼ばれる身代わりの仏像だったのだ。

次に動いたのは、武田信玄だ。弘治二年（一五五六）に見事、善光寺の本尊を奪い、それを本拠地の甲斐に近い信濃国佐久《さく》郡へ移す。これにより川中島にあった善光寺は解体され、信玄支配下の信濃に新しい宗教勢力ができつつあった。

では、善光寺の本尊とは何なのか。

武田太郎は、信玄の前にある小さな厨子を見る。これこそが、善光寺の本尊が封印されている厨子だ。中に阿弥陀如来の生き仏が入っていると言われている。絶対秘仏なので、代々の住職さえも中を検《あらた》めたことがない。

なんと大胆なことを、と武田太郎は心中で唸《うな》った。

上杉政虎が欲する厨子を、あえて陣中に持ってきたのだ。危険極まりないが、同時に理由もわかる。善光寺勢力は、一向宗のように厄介な存在だ。川中島滞陣中に不穏な動きがあるかもしれない。それを制するために、あえて秘仏の入った厨子を戦陣に帯同させたのだ。

「本尊を奪う考えまではよかったが、上杉弾正め、まさか本尊がかように小さな厨子に入っておるとは、夢にも思わなかったようですな」

典厩が精悍な顔を綻《ほころ》ばせる。

武田太郎も同様の感慨だった。厨子の大きさからして、土人形程度のものしか入っていないはずだ。中を目にしたことがあるのは、口伝《くでん》でさえ定かでない、はるか昔の寺の創建者ただひとりだという。もしかしたら、中には何物も存在していないかもしれないのだ。

定かでない中身を阿弥陀如来の生き仏と信じたことで、善光寺平《だいら》と呼ばれる川中島周辺は聖地に化けた。そして本尊を喪《うしな》い、ただの川の多い平地に戻った。存在さえ定かでない秘仏が、巨大な意志を持っているかのようだ。

典厩とは対照的に、信玄の片面が歪《ゆが》んだ。

「善光寺をこちらへ引き込んだのは、ある意味で毒を喰らったようなものかもしれぬ。実体なき善光寺を御するは、野生の悍馬《かんば》を手なずけるより難しい」

信玄の言うことに、武田太郎は密《ひそ》かに頷く。事実、善光寺勢力を完全支配した者は、過去の歴史にない。武田信玄が、それを成せるという保証もない。

「あるいは上杉弾正め、あえて善光寺の本尊を掠《かす》めとらなかったのではないか」

厨子を睨む信玄の目は淀んでいた。

「上杉弾正は武辺《ぶへん》だけの男ではない。銭という、実体なきものを操ることにも長《た》けている」

ほとんど米のとれぬ越後だが、豊かな国だった。上杉政虎が商業を重視したからだ（農業国となるのは、江戸期の開拓を通じて）。海港川港を整備し、入港税を免除したことで、唸るほどの黄金が押し寄せ、上杉政虎の武略を支えている。

「あるいは、我らは本尊を手にしたのではなく、手に入れさせられたのかもしれぬ」

信玄の歯軋《はぎし》りが聞こえてきた。

「何を弱気になっておるのです。我ら兄弟の智を合わせれば、善光寺を御するも可能なはず。何より、上杉弾正めの今の決死の布陣が、善光寺を奪われた焦りの証左」

今回の川中島は、過去三度と違う。上杉政虎が目指すのは、ずっと先の信濃南方にある（と思っている）善光寺本尊だ。今までのような睨み合いで終わるはずがない。

「実体なきといえば、山本勘助もそうですな」

父と叔父の話に、武田太郎が割って入った。武田典厩の反応を窺《うかが》うためである。ふたりは視線だけを動かして太郎を見るが、動揺した素振りは見せない。

「うむ、太郎の言う通りだ」

父の信玄は、顔の半面を大きく歪めて同意した。

「山本勘助めは、大きくなり過ぎた。近頃は、我らの手にも余る」

信玄の言葉に、典厩が初めて動揺の色を現す。

「お館様、山本勘助のことを言ってもよいのですか。いかに太郎が嫡男とはいえ……」

太郎の掌がかすかに汗ばむ。典厩の素振りから、山本勘助の正体に迫っているという実感を得た。

「よいだろう。太郎は、いずれ武田家を継ぐ。全てを明かすことはできぬが、少しは教えてやろう」

信玄は、太郎と典厩に等しく視線を注ぐ。

「御しきれぬようになる前に、手を打たねばならぬ。芽は早いうちに摘むに限る」

「では」と、太郎と典厩は同時に訊いた。

「うむ、山本勘助を殺す」

太郎は、隣の叔父を見る。典厩は、表情を鉄のように硬くしていた。凝視し続けていると、叔父の乾いた唇が開き、ゆっくりと言葉を紡《つむ》ぐ。

「ですが、あの山本勘助めを殺すのは至難の業でございます」

「うむ。だからこそ、川中島のこたびの合戦は好機だ。上杉政虎ほどの強敵との決戦ならば、勘助が死んだとしても誰も不思議には思うまい」

「それほどのお覚悟ですか」

信玄は重々しく頷いた。

「わかりました。兄上が、いや、お館様がそこまでの覚悟であるなら、このわたくしめにお任せください。必ずや、山本勘助の息の根を止めます」

武田太郎は慌てて口を挟む。

「ならば、叔父上、その仕事、某《それがし》にも手伝わせてください」

ほぼ同時に、ふたりは首を横に振った。

「ならぬ。その謀《はかりごと》を任せるには、お主はまだ若い。黙って、典厩の仕事を見ておくのだ。いいな、決して手出しをするでないぞ」

山本勘助戦死の七刻前
――九月九日　酉の刻（午後6時頃）

春日虎綱《かすがとらつな》、飯富虎昌《おぶとらまさ》、真田幸綱《さなだゆきつな》ら、精悍をもって知られる武田の将たちが、勢揃いしていた。武田菱の垂れ幕で飾られた上座には武田信玄がおり、武田太郎と典厩が左右に侍っている。ひとつだけポカリと空いた席を、皆が凝視していた。

「ええい、遅い。馬場《ばば》めはまだ到着せぬか」

「ハハハ、きっと野糞でもしておるのだろう」

「いや、おかしくないか。今まで馬場殿が遅れたことはないぞ」

場におらぬのは、馬場信房《のぶふさ》という宿将である。やがて大きな足音がして、灰髪灰髭の男が飛び込むようにして現れた。

「何をしておった馬場殿」

「軍議を始められなかったではないか」

「そうじゃ。お館様を待たせるとは無礼ぞ」

弾劾する声に、「黙られいっ」と馬場信房は一喝した。よく見れば、額には玉のような汗がこびりついている。

「これを見られよ」

馬場信房が突き出した右手に握られていたのは、血塗れの手ぬぐいだった。

「おおぉ」

武田の諸将が、たちまちどよめき出す。不覚にも、武田太郎も腰を浮かしてしまった。

「つい半刻《はんとき》(約一時間)前に、わが配下の者が山本勘助殿にお会いし、策を授けられたのじゃ」

血塗れの手ぬぐいを持つ馬場信房の手が震え始めた。

「ま、まことか」

「うむ。軍議へ発つ前に、家来が慌てて知らせてきたゆえ、遅れたのじゃ。許せ」

「遅参の理由など、もうどうでもよい。早う、山本勘助殿の策を申せ」

何人かが苛立《いらだ》たしげに足踏みをした。

武田太郎は、横目で叔父の様子を探った。腕を組み、睨むようにして見ている。山本勘助の策を歓迎していないように感じられた。ということは、武田典厩が山本勘助を殺すと言ったのは真《まこと》か。ならば、山本菅助の方が正体なのか。

血塗れの手ぬぐいを持った馬場信房は、唇を震わせつつ山本勘助の策を開陳する。

それは、武田軍を二手に分けるというものであった。別働隊に過半の兵を預け迂回し、後方から上杉政虎の布陣する山を攻める。

別働隊が勝っても負けても、上杉政虎は山を下りざるを得ない。

武田の本隊は待ち伏せして、陣を捨てた上杉政虎の軍を討つ。さらに別働隊が挟み撃ちにして、全滅させる。

「山本勘助殿は、この戦法を啄木鳥《きつつき》戦法とおっしゃられた」

啄木鳥は虫を喰う時、木を叩いて驚かせて巣から出すという。別働隊が上杉という虫を叩いて驚かせて、本隊が政虎を喰らう。

啄木鳥戦法の意味を悟った時、諸将が快哉《かいさい》を叫んだ。

「さすがは山本勘助殿じゃ」

「啄木鳥とは、まことに言い得て妙」

「これで、憎き上杉めを全滅させられるぞ」

歓声に押されるようにして、馬場信房が信玄の前に進み、血塗れの手ぬぐいを両手で差し出す。

「お館様、勘助殿が言うには今日の夜から明朝にかけて、霧が出るとのこと。啄木鳥戦法を実行するのに、これ以上の好機はありませぬ。すぐに戦《いくさ》支度を整え、別働隊の将を決めましょう」

全ての将が立ち上がり、瞳を輝かせて信玄を見つめていた。武田信玄は隣にいる典厩と一瞬だけ視線を交わらせる。

山本勘助の策を疑う者はひとりもいない。いや、唯一、武田典厩だけは苦虫を嚙み潰したような顔をしていた。

「わかった。夜襲の軍は馬場と春日が指揮せよ」

信玄は次々に将を指名していく。

「くそう、決戦が待ち遠しいわ」

「啄木鳥戦法で狼狽《うろた》える上杉の様子が目に浮かぶようじゃ」

夜を待ちきれないのは人だけではない。山際を赤く塗るように、西日が落ちていく。

山本勘助戦死の三刻前
――九月十日　丑の刻（午前2時頃）

闇に沈む川中島に、霧が煙り始めてきた。

武田太郎は信玄が率いる本隊にいた。啄木鳥戦法によって山を下ろされた上杉政虎勢を迎え討つため、海津城を出て平野に陣を布《し》いている。

篝火《かがりび》を焚《た》けぬ中、杭をたて、柵を巡らす。奉行たちと共に、武田太郎は足軽に忙《せわ》しげに指示を出していた。大きな音を立てられないので、気ばかり焦って、作業は緩慢にしか進まない。

すぐ背後には、父信玄と叔父の武田典厩の陣が隣合うようにしてあった。使者を務める山本菅助も、信玄の本陣にいるはずだ。もし、武田典厩と山本菅助のどちらかが別働隊に組み込まれていれば、監視が難しくなるところだった。山本勘助の正体が、いずれかはまだわからない。上杉との決戦が始まるまでに、目星をつけなくてはならない。

　霧の中に、太郎のついた溜め息が溶けていく。

「太郎様」

　すぐ背後で呼びかけられた。足音も気配も消してここまで近寄れる男は、ひとりしかいない。蒐ノ衆の采女だ。

「どうであった」

　振り返らずに訊く。

「は、山本スガ助ですが、馬場殿に山本勘助めが献策した時、姿をくらましておりました。便意を催したと朋輩《ほうばい》に軽口を叩いておったそうですが。陣を離れていたことは確かです」

　今ある手がかりでは、山本菅助が一番怪しい。武田典厩は、山本勘助を殺すと宣言しているからだ。

　ふと、信玄の陣から騎馬武者が一騎出てきた。太郎が目をこらすと、雲の隙間から差し込む月明かりに白髪頭が一瞬照らされる。右の小鼻には大きな黒子もあった。山本菅助だ。どうやら、使者として左翼の陣に伝令に走るようだ。

「太郎様」

再び、采女が声をかけてきた。

「好機ですぞ。命じていただければ、スガ助を追いかけ、闇夜に紛れて拙者が息の根を止めまする」

采女が顎髭を揺らしつつ、太郎の判断を待つ。

山本勘助の正体は、武田典厩か山本菅助か、一体どちらなのか。

戦が始まってから、ふたりを監視するのは不可能だ。この機を逃せば、山本勘助を殺せなくなるかもしれない。

早く決断せねばならない。

ふたつに、ひとつ。

迷った時、武田太郎は必ずこう考える。父の信玄なら、どう判断するか。答えは、すぐに出た。

ならば、ひとつずつ潰せばよいのだ。

「よし、いけ。スガ助を追え。上杉との戦になる前にかたをつけろ」

そうすれば後は乱戦の中で、武田典厩を葬るだけだ。

「承知」

短い返答が終わる前に、采女の気配が完全に消えた。

山本勘助戦死の二刻前
――九月十日　寅の刻（午前4時頃）

黒い闇が薄くなるのと対照的に、白い闇が濃くなっていく。武田太郎の体を包み込むような霧の動きだった。

かすかに血の臭《にお》いがして、太郎は後ろを振り向く。靄《もや》の中から人影が浮かび上がってきた。現れたのは、蒐ノ衆の采女である。長い顎髭は霧のせいで、ぼんやりとしか見えない。

「山本スガ助でございますが、あ奴は山本勘助めではございませんでした」

右腕を前に突き出し、掌を開く。削《そ》いだ鼻があった。右の小鼻に黒子があり、山本菅助のものであると悟った。

太郎は無言で続きを促す。

「スガ助めを捕え、殺しました。その時、拙者はわざと隙をつくりました。スガ助がまことの大軍師ならば、その隙に気付き逃げおおせるはず。しかし、あ奴め、全くこちらの隙に気付かず、そのまま息絶えました」

「そうか」と、吐き出すように口にした。

ということは、山本菅助は山本勘助ではなかった。無実の者を殺してしまったが、今は感傷に浸っている暇はない。悔い改めるのは先でよい。

「ならば、残るは……」

「はい、武田典厩様です。かの御仁が、山本勘助で間違いありませぬ」

武田太郎は頭を巡らし、叔父のいる陣を見た。白い靄が厚く覆う様は、まるで太郎の目から隠れようとしているかのようだ。

「よし、采女、ついてこい。そちを叔父上の陣に入れる。そして、上杉との乱戦になれば、隙を見て、叔父上を亡き者にしろ」

采女は険しい顔つきになる。

「ですが、いかようにして陣に忍びまする。拙者が典厩様の陣に侍るのは、難しゅうございますぞ」

いかに采女が蒐ノ衆といえど、顔は割れてしまっている。紛れ込めば、間違いなく怪しまれ縄にかかってしまう。

「心配するな。我に策がある」

白く塗りつぶされそうになっている叔父の陣に、武田太郎は足を向けた。

霧の中の隠密の仕事とは思えぬほど、高く長い柵が幾重にも張り巡らされていた。さすがは、武田家の不動の副将と呼ばれる武田典厩の陣だ。武田太郎は叔父の陣を歩きつつ、素直に感心する。

そして、こう思った。このような難事を易々とやってのけるからこそ、武田典厩は山本勘助に違いないのだ。

進む太郎に番兵が立ちはだかり、誰何《すいか》する。名を告げて、叔父に訪《おとな》いを報せてもらった。やがて丁重に武田典厩のいる陣へと誘《いざな》われた。後ろに控える采女も神妙についてくる。

「おお、太郎ではないか。このような危急の時に、何用じゃ。それとも、お主の陣はもう万全なのか」

霧を貫くような眼光と共に、武田典厩が問いかけてきた。

「まさか、戦が怖くなって、儂《わし》の陣に隠れようという魂胆ではあるまいな」

周りにいた武者たちが笑い、やっと典厩の表情も柔らかくなる。だが、すぐに笑みは消える。太郎の真剣な顔を、白い靄越しに読み取ったのだ。

「叔父上、人払いをお願いしたい。なに、すぐにすみます。昨日の父上との密談についてです」

密談と聞き、武者たちがざわめき始めた。

ふん、と荒い鼻息を典厩は吐く。それだけで近習《きんじゅ》の武者たちが黙るのは、さすがと言うべきか。

「わかった。こちらの戦支度は大方すんだ。お主たちは離れろ」

典厩の言葉に、武者たちは白い霧の奥へと姿を消す。

「この者は、妻の従者で、蒐ノ衆です」

残った采女に向けていた訝《いぶか》しげな視線に、武田太郎が答える。

「なるほど、足音ひとつさせなんだのは、そういう訳か」

だが、依然、警戒の目つきを緩めない。

「太郎よ、用件は何だ」

「この者を、ぜひ、叔父上の陣に置いていただきたい」

采女に向けられていた視線が移り、太郎を刺す。

「山本勘助めを殺す刺客として、お遣い下さい」

「断ると言えば」

「武田の諸将に、父との三人の密談をばらしまする。お館様と叔父上が、山本勘助を殺した、と言いふらしまする」

苦い笑みが、典厩の顔を満たした。

「儂を脅すとは、先が頼もしい嫡男よ」

三人は、しばらく無言で睨みあう。

「典厩様」と、霧の奥から大きな声がした。

「火急のお報せがあります。今すぐ、そちらに参りますゆえ、お許しを」

「太郎、いいな」

頷かざるを得ない。大きな足音がして、武者が駆け寄り、「お耳を」と怒鳴った。指で来いと典厩は指示をする。

耳元で囁かれた叔父の顔色が変わった。

「わかった」と言って、使者をまた離れさせる。

太郎と采女に向き直った。

「お主、蒐ノ衆なら、唇を読めるだろう。太郎に、使者の伝言を教えてやれ」

典厩が采女を指さした。

苦しげに采女は口を開く。

「山本菅助殿が、何者かに殺されたそうでございます」

「それだけか」と、太郎と典厩は同時に訊く。

「殺しの手口から、きっと駿河の忍びの手の者だと」

「太郎、お主がやらせたのか」

少し黙考してから、「はい」と頷いた。

眉間に手をやり、典厩は考え込む。

「いつまでも小僧と思っていたが、大した男だ。蒐ノ衆を勘助殺しの刺客にしろ、だと」

唇を捻《ね》じ曲げて、典厩は笑った。大胆不敵という言葉がしっくりとくる表情である。

「偽りを申すな。大方、山本勘助の正体を儂だと目星をつけ、こ奴に殺させるつもりだろう」

太郎は否定しなかった。それを見て、采女が重心を落とし懐に手をやる。手裏剣を握ったはずだ。周りには護衛はいない。ふたりがかりなら、殺れる。

「よせ、と言っても聞くまいな」

ふたり、同時に一歩間合いを詰めた。

「いいだろう、教えてやろう」

武田典厩が不敵に笑いかける。

「迂闊と大胆をはき違えかねない危うさはあるが、そこまで山本勘助の正体に迫ったのは見事だ。褒美に、幻の大軍師と呼ばれる山本勘助の正体を教えてやる」

構わずに、太郎と采女が一歩近づいた。いや、違う。ふたりは動いていない。典厩が自ら近づいたのだ。

太郎は刀を抜いた。溢れる殺気に身を委《ゆだ》ねてしまわないように、必死に自制する。無論、もし助けを呼ぼうものならば、采女の持つ手裏剣が典厩の喉を抉《えぐ》る。

「儂は山本勘助ではない。山本スガ助もまたしかりだ。大軍師、山本勘助などは、この世には存在せぬ」

再び一歩、にじるようにして近づいた。

「存在せぬ、とはどういう意味でございますか」

斬りつけるかわりに、太郎は訊いてしまった。勝利を確信したかのように、典厩は白い歯を見せて語り始める。引き絞った弓矢のような状態で、ふたりは典厩の言葉に耳を傾けるしかなかった。

山本勘助戦死の一刻前

――九月十日　卯の刻（午前6時頃）

「言葉通りよ。大軍師山本勘助などおらぬ。敵を欺くために、兄者と共に儂らが生み出した幻だ」

さらに典厩は続ける。

「今川家蒐ノ衆、北条《ほうじょう》家風魔《ふうま》一党、上杉家軒猿《のきざる》」

いずれも、武田を囲む国の忍者集団の名である。

「こ奴らを出し抜かねば、いかに大きな武力を持っていても、乱世では生き残れぬ。そこで我ら兄弟は考えた。山本勘助なる謎の軍師を、ひとり生み出すことをな」

太郎、采女の順に、武田典厩は目をやった。

「カラクリは簡単だ。最初は、全て兄者と儂の策だった。ふたりで考えた策を、儂が血塗れの手ぬぐいを用意し変装し、闇の中や木陰から、これはと思う武田の士に託す」

武田典厩は、懐かしむような目を白い虚空へ向けた。

「山本勘助が陰ながら武田家に献策し、その策で見事に勝利を上げる。そうすれば、蒐ノ衆や風魔一党、軒猿らは、存在せぬ山本勘助が何者であるかをやっきになって探索するだろう。今のお主たちのようにな」

微笑《ほほえ》む典厩の顔には自信が漲《みなぎ》っていた。

「そうなればしめたものだ。敵の忍びの者どもの諜報の力を削ぎ、我らにとって本当に大切な謀を守ることが容易《たやす》くなる」

構えを崩しはしなかったが、太郎は五体から力が抜けつつあることを自覚した。横にいる采女の殺気も揺らいでいる。

懐かしむようだった典厩の目が一変する。

「だが、いつの頃からだろうか。山本勘助は我らの手を離れ出した」

意外なことに、小さく舌打ちを放ち、典厩は言葉を継ぐ。

「最初は雑兵のひとりが、悪戯心《いたずらごころ》で山本勘助を名乗り、献策したのだ。その時には、勘助の名は大きくなり過ぎていた。我ら兄弟の力をもってしても、策を潰すのは難しかった。皮肉なことに、その時の策は敵を倒すのに上策だったゆえにな」

典厩の眉間に皺が浮かび、それは徐々に深くなっていく。

「山本勘助は、次々と我らが関与せぬ謀を運ぶようになってきた。ひとりではない。なぜなら、最初に悪戯で献策した男は探し出し、我ら兄弟の手で密かに葬っていたからだ」

いつのまにか、太郎と采女は立ちすくみ、聞き入っていた。

「我らは偽の勘助が出るたびに、突き止め、殺した。が、無理だった。次々と、勘助が現れ出したのじゃ」

武田典厩の眼球に、赤い亀裂が入り出す。

「そう、実体なき善光寺の秘仏が、まるで意志を持つかのようにな」

典厩は、忌々《いまいま》しげに言葉を吐き捨てた。

「このままでは、我らは山本勘助を御しきれなくなる。ゆえに、兄者とふたりで山本勘助を葬ることにした。偽の勘助ではない。そ奴らを突き動かす、実体なき勘助をだ」

「殺す……とは、どうやって。相手は実体なき勘助ですぞ」

刀を持つ腕で脂汗をぬぐい、太郎は訊く。

「簡単なことだ。山本勘助は策が全て。策を失敗させればいいのだ。そのために、儂は兄者と共に啄木鳥戦法なる愚策を考え出した」

「な、なんですと、啄木鳥戦法が愚策ですと」

衝撃が太郎の全身を貫き、激しく五体を震わせた。

「そうじゃ。この策の肝は何だ。別働隊が上杉の背後を襲えば、勝敗に関係なく上杉は陣を捨て、山を下りる、ということではないか」

太郎は頷く。

「だが、考えてもみよ。上杉が別働隊に負ければともかく、勝ったとして、どうしてわざわざ陣を捨てねばならない」

武田太郎は絶句した。

反論しようとするが、できない。

「武田の別働隊に攻められたからといって、上杉が陣を捨てる理由などありはしない。そんな童でもわかる理屈を、山本勘助の啄木鳥戦法というだけで、武田の諸将は皆、成功すると信じてしまった」

言いきると、典厩は口を一文字にして黙る。しばらくして、歯軋りの音が聞こえ始めた。

「愚策を上策と信じ、躊躇《ちゅうちょ》なく行動に移す。これこそが、我ら兄弟――否、武田家が山本勘助を御しきれなくなった、何よりの証左だ」

潰れんばかりに拳も握りしめている。

「で、では、別働隊はどうなるのですか」

数歩よろめくようにして、武田太郎は典厩に詰め寄った。

「負ける」

呻《うめ》くように叔父は答える。

「少なくない者が無駄死にする。そして、いくら攻めても上杉の陣が不動なのを見て、悟るだろう。山本勘助の啄木鳥戦法が、いかに愚策だったかを。その時こそが、山本勘助が初めて死ぬ時なのだ」

陽が昇ったのか、白い闇が柔らかい光を帯び始める。

山本勘助戦死の半刻前
――九月十日　辰の上刻（午前7時頃）

遠巻きにしていた武田典厩の近習の武者たちの影が、木立のようにポツポツと現れ、やがてその鎧《よろい》の意匠の細部までわかろうかという時だった。

地を揺らすようなどよめきが、武田太郎らに襲ってきた。

思わず太郎、典厩、采女が目をやる。

武田の陣の前方、いや、そのもっと先からか。

「何事じゃ。何があった」

遠巻きにしていた武者を典厩が怒鳴りつけるが、皆狼狽えているばかりだ。

「伝令」と、悲鳴のような叫びが轟《とどろ》いた。

血相を変えた武者が、典厩の前に飛びこんでくる。

「て、敵でございます。敵の大軍が目の前に」

惚《ほう》けたように、三人は視線を交わらせた。疑問で、三者三様に瞳が濁る。

「上杉めの軍が、目の前にいるのです」

「馬鹿な」と典厩は叫び、太郎は我に返った。

ありえない。どうして、上杉軍が陣を捨てたのだ。啄木鳥戦法が、何かの間違いで成功したのか。いや、違う。まだ別働隊は上杉の陣に攻め懸かってもいないはずである。

ということは——。

答えを出す前に、典厩が走り出した。

「お待ち下さい」

太郎と采女もあとを追う。

構築途中の武田諸将の陣を駆け抜け、最前線の柵にしがみついた。

目の前には、無数の毘沙門天の軍旗がはためいている。その下にひしめく兵の数は、一万近い。自ら陣を捨て、上杉政虎は山を下りたのだ。

「なぜだ。上杉は、どうして陣を捨てたのだ。我らが、啄木鳥戦法を取ることを知っていたのか」

典厩の疑問に反応したのは、味方の陣営だった。恐慌の声があちこちで起こり、旗指物が乱れ始める。

「くそ、落ち着け、落ち着かせろ」

太郎は叫ぶが、さらに混乱は増すばかりだ。

「待て。何か、上杉の陣も、おかしくないか」

典厩の言葉に、太郎は前を向く。

確かに、妙だ。上杉の大軍は微動だにしない。なぜ、この機に攻めぬのだ。

「あれを」と、采女が指をさした。

一騎の軍使が、駆けてくる。

やがて武者は典厩、太郎、采女らの前で馬を止めた。

「武田家の名のある将とお見受けした」

典厩を見据えて、軍使は言う。

「我が主《あるじ》・上杉弾正小弼からのご伝言である。今すぐに、戦支度を整えられよ。あの木にかかる霧が晴れるまで、主はお待ちになるとおっしゃられた」

軍使は、武田の陣中にある一本の古木を指さした。

「霧が晴れるのに、半刻(約一時間)かかるか、それとも十《とお》を数える間もないかは、神のみぞ知ること。それは、時の運と心得よ」

「ふざけるな」

叫んだのは、武田典厩だった。

「我々を愚弄するか。なぜ、すぐに攻めぬ。そこまで、武田の士を腰ぬけと思うてか」

　軍使は苦笑を返す。

「勘違いされるな。我が主は、潔癖を愛する御方だ。卑劣な内通で得た利など、いらぬと仰せだ」

　そう言って軍使は、馬の鞍《くら》にくくりつけていたものを投げた。風に乗るようにして、柔らかく三人の前に落ちたそれは、血塗れの手ぬぐいだった。

「昨夜、その手ぬぐいを持った坊主が現れ、武田が啄木鳥戦法なる策でこちらを挟撃すると言いおった」

　地に落ちた血塗れの手ぬぐいを指さしながら、軍使は続ける。

「不思議なことに我らが攻められれば、勝っても負けても陣を捨てると、そちらは考えているという。童でも考えぬ愚策だが、昨日の武田の陣の炊煙を見れば、動きがあるのは必《ひっ》定《じょう》。そこで主は、乾坤一擲《けんこんいってき》の勝負に出て、このように貴軍らの眼前に正々堂々の陣を布いたというわけだ」

　武田太郎は激しく混乱した。

　どういうことだ。山本勘助が、上杉の陣にも現れたということか。太郎の疑問を引き取るかのように、武田典厩が怒鳴った。

「どこへ行ったのだ。その血塗れの手ぬぐいを持った坊主は、どこへ行ったのだ」

「わからぬ。我らが朋輩に策を伝えた後、煙のように消えたそうじゃ。では、確かにお伝えしたぞ。あとは霧が晴れるのを待って、互いに武士らしく死力を尽くすのみ」

使者は背中を見せて帰ろうとする。

馬の尻に鞭《むち》を当てようとした手を止め、首だけで振り返る。

「そうだ。もうひとつ、忘れておった。そちらのお館様へ、必ず伝えるように言われていたことがある。『実体なきものを御するのは、互いに難儀なことよのう』と」

あまりのことに、武田太郎と典厩は立ち尽くす。

「なんのことかは、某はわからぬ。が、そう伝えれば確かにわかるはずだと、おっしゃられた」

再び背を向け、軍使は去る。軽やかな馬蹄の響きを残して、上杉の陣へと吸い込まれていく。目の前には、血塗れの手ぬぐいだけが残された。

山本勘助戦死の刻

——九月十日　辰の刻（午前8時頃）

上杉の軍使がいなくなった最前線で、三人は立ち尽くしていた。嬲《なぶ》るように、強い風が吹き付ける。たちまち霧が消えていく。古木にかかった靄が、剝がされる。

万雷としか表現のしようのない鯨波の声が、上杉の陣から鳴り響いた。

武田太郎は、素早く勘定をする。別働隊が上杉軍の下山に気付き、助けにくるまでに一刻（約二時間）以上はかかるはずだ。

冷や汗が脇や背を濡らす。軍神と呼ばれた上杉政虎の攻めを、数で劣る武田本隊が受け止められるわけがない。今いる前衛の軍など、雑草を薙《な》ぐように倒されるはずだ。

「叔父上」と、叫んでいた。

「早く、陣へ帰りましょう。ここは危険でございます」

典厩は静かに頭を振る。

「儂がおらねば、前軍は崩れる。そうなれば本陣も混乱し、武田は壊滅する」

強い眼光で睨みつつ、武田典厩は続ける。

「儂以外の誰が、あの上杉めを止められる」

武田太郎は、何も答えることができなかった。

「遺言代わりに兄者に伝えてくれ。くれぐれも善光寺に飲み込まれるな、とな。兄者なら、上手く御することができると」

典厩は視線を周囲にやった。いつのまにか典厩の近習たちが槍を手に大勢控えている。

皆、何かを覚悟した顔つきだ。満足気に頷いた典厩は、再び太郎たちに目をやった。

「そして、太郎に儂の成せなんだ仕事を託す」

「仕事」と、思わず聞き返す。

地揺れのような上杉軍の進撃はもう始まり、両軍の間合いがどんどんと短くなっていく。

「山本勘助にとどめを刺すのだ」

上杉軍の馬蹄が、太郎の体を激しく震わせた。

「なに、簡単なことだ。啄木鳥戦法は敗れた。あとは適当な足軽の死体を見つけ、片目と片足を潰せ。無論、指も切れ。そして、懐に血塗れの手ぬぐいをねじ込め。それが山本勘助の死体となる」

「わかりました」

答えたのは、ずっと背後に控えていた采女だった。

微笑して、武田典厩は前を見つめる。押し寄せる波濤《はとう》のような上杉軍の鋭鋒は、すぐそこまで迫っていた。殺気が風のように顔を撫でる。

「あるいは勘助め、儂を最期に道連れにする気だったたか。そのために、儂が啄木鳥戦法なる愚策を考えさせられたかのようだ」

典厩は刀を抜いて、一歩二歩と前へ進む。近習たちが勇ましく槍を構えて続いた。

「さあ、太郎様、退《ひ》きましょう」

采女に羽交い締めにされて、太郎は無理矢理に下がらされる。

「叔父上」

叫びかけるが、典厩は前を向いたままだ。

「いいだろうっ」と、典厩が吠えたのが聞こえた。

「山本勘助よ、貴様を大軍師として未来永劫残るように、その名に実体を持たせてやる。儂の命と引き換えにだ」

抜いた刀を軍配のように振りかざした。近習たちが、雄叫《おたけ》びとともに突撃する。

太郎がやっと采女の拘束を振り切ったのは、上杉の軍団が典厩らを飲み込んだ時だった。

もはや合戦場には霧の気配は微塵《みじん》もない。

ただ怒号と剣戟《けんげき》の音が満ちていた。

公方様の一ノ太刀

永禄八年（1565）五月十八日
未の刻（午後2時頃）
この十二刻（24時間）後、
足利義輝は京で闘死する。

山城《やましろ》と近江《おうみ》の国境を示すのは、一本の百日紅《さるすべり》の大樹であった。女性の肌のような滑らかな樹皮を隠すように、緑が生い茂っている。

一体、何度、父とこの国境の大樹を越えただろうか。

第十三代征夷大将軍足利義輝《あしかがよしてる》は、馬上から百日紅の木を見つめた。

最初は、五歳の頃だ。管領《かんれい》の細川晴元《ほそかわはるもと》に追われた父は南近江の六角《ろっかく》氏のもとに亡命するため、百日紅の国境を越えた。その後、義輝と父は、政変があるたびに近江から京へ、あるいは京からまた近江へ、亡命と帰還を繰り返した。

義輝親子のそんな行動を静かに見守っていたのが、この百日紅の大樹だ。

義輝は馬から降りて、振り返った。従うのは十数人の小姓や侍女たちばかりである。漆塗りの駕籠《かご》もあり、中には義輝の妻が乗っているはずだ。妻の体内には、義輝の子も宿っている。

従者越しに広がるのは、京の町だ。碁盤の目の形に交差する大路は、まるで織物のように見える。神社仏閣の広大過ぎる敷地があり、その中のひとつが義輝のいた二条御所だ。

そんな京の町を飲み込もうとする存在がある。林立する幾千もの旗指物に一万以上の大軍が集う様子は、まさに黒い海という趣だ。大和国《やまとのくに》の松永久通《まつながひさみち》、三好義継《みよしよしつぐ》、その配下の三好三人衆ら畿内の有力者たちの軍勢である。

名目上は三好義継の官位叙任の返礼使節だが、内実は将軍である足利義輝を討つ軍だ。義輝を弑逆《しいぎゃく》して、その従弟《いとこ》の足利義栄《よしひで》を新将軍に擁立しようという企《たくら》みである。京の郊外に陣を布《し》いて二十日ほどになるか。饗宴への招待の使者を、義輝のもとに毎日のように送ってきている。無論、饗宴でおびき寄せて、暗殺しようというのだ。むざむざと義輝が出向くわけもない。かといってこのまま断り続ければ、いつかは郊外に布陣する一万二千の大軍に攻め滅ぼされるだけだ。

義輝は拳を強く握りしめた。

砕けんほどに、奥歯も食いしばる。

一万二千の軍に対抗する力が、将軍の足利義輝にはない。

打てる手は、京から逃げることだけだった。

再び、百日紅の大樹を見る。

この木を越えれば、もう二度と京へ戻ってくることはできないだろう。

饗宴の誘いを恐れて逃げたとなれば、足利将軍の名は地に落ちる。かろうじてあった威厳に、決して拭《ぬぐ》うことができない汚泥をなすりつけることになる。

手を伸ばし、百日紅の滑らかな樹皮に触れた。枝のひとつに見覚えがあった。亡き父が京を去り亡命する時、いつもこの枝に朱色の組紐を結んでいた。

京へ帰還できるようにとの、おまじないだ。義輝も父に抱かれて、枝に組紐を結びつけたことがある。

そういえば、懐に妻からもらった組紐があるはずだ。京を去ることを決意した時に、妻が祈願のために組んでくれた。が、それを枝に巻きつけようなどとは思わない。もし組紐が霊験を発揮してしまえば、京に戻らなければいけないからだ。

見えぬ国境の線に、つま先を持ってくる。京を去ることに微塵《みじん》の躊躇《ちゅうちょ》もない己を確認し、足利義輝は深く満足した。

十一歳で父から将軍職を譲られてから、いや、生まれてこのかた、将軍として生きたいと思ったことはない。そんなものよりも足利義輝の心を躍らせたのは……。

いつのまにか、腰の刀を握っていた。たったそれだけで胸が乙女のように高鳴り、毛穴のひとつひとつが快哉《かいさい》を叫ぶかのようだった。

足利義輝は第十三代将軍という顔以外に、剣聖・塚原卜伝《つかはらぼくでん》の高弟という一面も持っていた。鹿島新当流の奥義である『高上奥位十箇ノ太刀《こうじょうおくいじっかのたち》』を、塚原卜伝から授けられた数少ない弟子のひとりだ。

京を捨てる——否、将軍位を捨て、己は剣士として生きる。

そう呟《つぶや》いて、足を地面から浮かせた。体を前に倒し、国境を越えようとした時だった。

「上様」と、声がかかった。

首をひねり振り返ると、侍女のひとりが跪《ひざまず》いていた。

「どうした」

「はい。奥方様の気分がすぐれぬそうです。何分、身重のお体には山道が障《さわ》るようで」

顔を伏せたまま、詫びるように侍女は言う。

「そうか。さもありなん」

百日紅の木肌から手を離した。素早く頭の中で考える。次の近江の宿場までは、山や丘をいくつか越える難路だ。ここは無理をしない方がいいかもしれない。

思わず、自嘲した。ここで道を引き返せば、先程の越境の決意に滑稽な色を塗りかねない。だが、身重の妻に無理をさせるわけにはいかない。

「わかった。先は長い。ひとつ前の宿場はすぐだ。妻にそこまで戻ると伝えてくれ」

駕籠に小走りで寄る侍女の背中を見守ってから、義輝はまた百日紅の木に向き直る。

どうということはない。剣士になるのが、一日遅れるだけだ。

義輝は忌まわしき京の方角へと足を向けた。

足利義輝、闘死の十刻前
——五月十八日　酉の刻（午後6時頃）

足利義輝は、宿の庭を散策していた。無名の草花木々が、無秩序に野生している。白砂が敷き詰められ名花銘木が植わる二条御所の庭とは、比べるべくもない。

だが、野趣味あふれる大木が幾つか植わっており、明日には京を去ると決めた義輝には逆に心地よかった。

夕陽を浴びて、大樹は赤と黒の二色に塗り分けられている。徐々に、赤の部分が少なくなり、木々を黒く染め始めた。

義輝は、じっと待つ。

やがて木々だけでなく、庭も夜色に染まり始める。雲が出てきたのか、月明かりはほとんどない。

義輝は庭を歩いた。提灯《ちょうちん》などは持っていないが、躊躇なく足を出し、歩を進める。鹿島新当流の奥義を受けた義輝にとっては、昼の道を行くのと何ら変わらない。木々や草花の気配が、道の隆起や窪みを教えてくれるからだ。

ゆっくりとした歩調にも拘《かかわ》らず、義輝の体は汗ばんでくる。剣の道へ邁進《まいしん》できる喜びが、体を火照《ほて》らせる。師と木刀を打ち合わせる快感が、身を震わせる。

もう我慢できないと思った時、自然と腰を落としていた。

八の字に足を広げ、刀の鯉口《こいぐち》を切り、抜刀する。真っ直ぐに近い刀身が現れた。十三代将軍に就任した時に誂《あつら》えた宝刀である。神道に由来する鹿島新当流は、直刀に近い刀を使うのだ。

剣を垂直に立て、刃を己に向けた。

鹿島新当流・御剣《おんけん》の構えである。己の邪念を切るという意味があり、立ち合う前には必ずこの構えをする。毎夜の稽古を欠かさぬ義輝にとっては、体に染み付いた動きでもあった。

御剣の構えを解き、青眼《せいがん》に刀を握る。

雲がさらに厚くなり、闇が濃くなった。刀は、青白い炎のような光を発している。

剣先がゆらめいた刹那、衝動に任せ右腕を奔《はし》らせた。横一文字に、心地よい残光がひかれる。

『高上奥位十箇ノ太刀』の十ノ太刀だ。

続いて、剣光が斜めに視界を割る。

『高上奥位十箇ノ太刀』の九ノ太刀。

次は十文字の剣捌《けんさば》き、八ノ太刀。

円を描く、七ノ太刀。

義輝は、奥義の太刀を次々に繰り出す。

六ノ太刀、五ノ太刀、四ノ太刀。

字形通りに、水平に三つの線を引く三ノ太刀。

そして、下から上に斬り上げる逆一文字の二ノ太刀を振ったところで、体が静止した。

最後の一ノ太刀を残して、義輝は刀を目の前にかざした。

一ノ太刀こそが、鹿島新当流にあって秘伝中の秘伝と言われる技だ。一子相伝の掟《おきて》があり、噂ではまだ伝授された弟子はいない。

「一ノ太刀か」

手にする宝刀に語りかけた。

塚原卜伝から、一ノ太刀を授かる。これこそが、剣士足利義輝の最大の望みだ。

この世にただひとりしか受け継げぬ一ノ太刀に比べれば、時にはくじ引きで決められた足利家の将軍職など羽毛のように軽い。

昂《たかぶ》る気を鎮めるために、再び御剣の構えを取ろうとした。刃を己の中心線に沿わすように、ゆっくりと持ってくる。

うんと呟いたのは、剣の平に人影が映っていたからだ。

総身が粟立《あわだ》つ。

何者かがいる。誰だ。

刀に映る間合いまで、なぜ己は気配を察することができなかったのか。

驚きと共に飛び退《の》く。着地した時には、切っ先を人影に向けていた。

「三好松永の刺客か」

遅れて放った声を受け止めて、人影の頭の部分の陰影が微《かす》かに蠢《うごめ》く。不敵にも笑ったようだ。

具足を着けていることはわかった。簡素な影から、足軽の胴丸のようだ。臑籠手《すねこて》には何も巻かれておらず、兜《かぶと》や陣笠もつけていない。

風が吹いて、雲の影が地面を動く。やがて、一条の月光が差し込んで来た。

男の白髪が銀の色を帯びる。

深い皺が、顔に幾つも刻まれていた。苔《こけ》のように張り付いた白い頬髭が見えた時、「あ、あなたは」と義輝は叫んでしまった。

構えた切っ先が、極限まで揺れる。思わず刀を取り落としそうになった自分に気づく。しかし、握り直せない。

「なぜ、ここに」

義輝が声を絞り出すと、白髪白髭の老足軽は黄ばんだ歯を見せて笑った。

何気なく立っているようで、一点の隙もない。忘れるはずがない。この男こそは師である、塚原卜伝ではないか。

ガチャリと音がしたのは、とうとう刀を取り落としてしまったからだ。拾うことも忘れ、一歩師に向けて足を前に出すと、卜伝の眦《まなじり》が吊り上がった。

「上様、刀を落とすとは不覚なり」

小さな声だったが、落雷に襲われたかのように義輝の体が痺《しび》れる。

「も、申し訳ありませぬ」

膝をついて、慌てて地に落ちた得物に手をやった。足利将軍家の宝刀を握り、顔を上げる。

「あ」と、間抜けな声を上げてしまった。

目の前には、誰もいない。

ただ夜の庭が広がっているだけだ。

素早く首を回し、前後左右の気配を探るが、何も感じない。

師が立っていた場所に、恐る恐る近寄る。

あれは幻だったのか、と呟いた。

師への追慕が、目覚めながらにして夢を見せたのか。

それにしては――。

師がいた場所に、義輝は立つ。

かすかに甘い香りがする。師の塚原卜伝は、いつも丁子《ちょうじ》の香りを衣服に焚《た》き込めていた。今鼻腔を撫《な》でる少し癖のある甘い匂いは、卜伝のものと似ている。そう感じるのは気のせいだろうか。

足利義輝、闘死の八刻前
――五月十八日　亥の刻（午後10時頃）

義輝が宛てがわれた宿の部屋に帰ってきた頃には、妻はもう布団で眠っていた。畳のある御所と違い板間だが、妻は安らかに寝ているようだ。規則正しい寝息が、足利義輝の耳朶《じだ》を撫でる。

「よく休んでいるな」

安堵のあまり、言葉を零《こぼ》した。

「はい、明日はしっかりと発てるように、早くに床に入られました」

答えたのは、控えていた侍女だ。その横には、小姓も侍《はべ》っている。

「上様も、そろそろ寝間着にお着替え遊ばしますか」

「そうだな。だが、着替えはよい。自分でするゆえ、席を外せ」

目だけを動かして、小姓と侍女が視線を交わらせた。

「京を出れば、もう昔のような暮らしはできぬ。今のうちに、慣れておきたいのじゃ」

納得したのか、ふたりは一礼して立ち上がろうとする。

義輝が襖《ふすま》に顔を向けた。ふたりの動きも止まり、遅れて同じ方向を見る。衣擦《きぬず》れの音が聞こえていた。ややせわしない足運びは、義輝の心を曇らせるに十分だった。

寝ている妻が、ううんと言った時、襖のすぐ向こうから「上様」と呼びかけられた。その頃には、胸に広がる暗雲はくっきりと輪郭を露《あらわ》にしていた。

「客が来たのか」

しばらくの沈黙の後、「はい、美作《みまさか》殿や家老様たちが来られました」と答えがやってきた。

義輝は、嘆息を嚙み潰す。

美作殿こと、進士《しんじ》〝美作守《みまさかのかみ》〟晴舎《はるいえ》は、義輝の子を身籠《みごも》る妻の父だ。舅に対して、義輝らは敬意を込めて官位である〝美作殿〟と呼んでいる。将軍家に敵対する三好松永一党には、常に強硬な対応をする硬骨漢だ。忠義一徹の士だが、志を守ろうとするあまり、利を失する行動も少なくない。

近江への亡命を、もっとも知られたくない人物でもある。だから、京の国境を抜けてから、文で報せるつもりでいた。

「いかがなされますか」

「わかった。すぐに行くと、伝えろ」

妻の枕元を見た。己が着るはずだった白い寝間着が畳まれている。

あるいは、自分で着るのはまだ先のことになるかもしれんなと、ひとり義輝は覚悟を決めた。

宿の主人に貸してもらった一室は、謁見の間というには狭すぎた。窓もないし、床《とこ》の間もない。それでも律儀に、美作殿と家老たちは奥の上座を空けて待っている。

義輝が床に尻を落とすなり、舅の美作殿が膝を使って前へと躙《にじ》り寄った。細い口髭と剃《そ》った眉は公家風だが、分厚い唇に硬質な意志が現れているようだ。

「聞きましたぞ。南近江にお隠れになるとか」

首を突き出して、詰問してきた。

「そうだ。三好松永の意図は見え透いている。むざむざ御所にいて、難を待つことはあるまい」

「されど、三好松永らはあくまで叙任御礼の使節でございます」

「一万の兵つきだがな」

わざとらしく片頬を歪《ゆが》めてやったが、美作殿には通用しない。

「御所に送ってくるのは、饗宴の使者のみでございます。にも拘らず、征夷大将軍である上様が京を離れ、近江にお逃げになっては、世間は何と言いましょう」

義輝は拳を握りしめ、次の美作殿の言葉を待った。

「武家の棟梁にあるまじき、惰弱な心身の持ち主と嘲笑《あざわら》いましょう」

「では、のこのこと殺されるために、饗宴に応じろというのか」

強まる眼光を、義輝は自制することができない。だが、美作殿は一向に怯《ひる》まない。

「今ここで上様が京を去られれば、足利家は終わりでございます」

義輝の態度を無視して、さらに続ける。

「饗宴を恐れて逃げた男を、誰が武士の頂《いただき》として仰ぎましょうぞ。たとえ命を永らえても、将軍足利家の名は完全に死に申します」

「それも覚悟の上だ」

いや、むしろ逃げることで、将軍足利家に引導を渡すつもりでいる。剣士として生きられるなら、将軍位などどうでもいい。

美作殿の表情が、巌《いわお》のように硬くなった。厚い唇が割れて、言葉が重々しく発せられる。

「では、そのお覚悟、歴代将軍の前でも揺らぎませぬか」

義輝の返答を待たずに、美作殿は手を叩いた。すかさず襖が開き、十人以上の従者たちが列をなす光景が目に飛び込む。彼らが両手に恭《うやうや》しく捧げるものを見て、義輝は思わず尻を浮かせてしまった。

従者たちが持つものは、刀だ。ただの刀ではない。歴代十二人の足利将軍が、それぞれ腰に佩《は》いていた宝刀である。

幾度もの近江への亡命でも、父が決して手放さなかったものだ。

亡き父の宝刀を持つ従者を先頭に、十一代、十代、九代と時代を遡るように部屋に入ってくる。最後に、初代足利尊氏《たかうじ》公の宝刀を捧げる従者が敷居を跨《また》いだ。

美作殿は、懐紙を掌の上に置き、足利尊氏公の宝刀を手にする。

「御免」と言って、鞘《さや》を払った。通常よりも逞《たくま》しい刀身は、蛤《はまぐり》ほどの厚みがあろうか。そこに流麗な刃文がのっている。幕府を切り開いた男の佩刀《はいとう》は、無骨さと華麗さを同時に併せ持っていた。

「上様も、塚原卜伝公より印可を受けたほどのお方ならば、剣の声が聞こえましょう」

抜き身の刀を掌の上で支えて、義輝の眼前に差し出した。

「さあ、足利尊氏公の剣を取って、その声をお聞き下さい」

義輝が柄《つか》を握ってしまったのは、剣士としての本能だった。これほどの銘刀が手の届く距離にあって、無視することはできない。

顔の前に持ってくる。染み付いた癖で、鹿島新当流の御剣の構えを取った。顔を割るように切っ先を向けて、瞼《まぶた》を閉じる。

「さあ、剣は何と言っておりまする。京を捨てて、逃げろと言っておりますか」

己の顔が激しく歪むのを自覚した。頬や眉間も震えている。

音を伴わぬ言葉として、剣の声が義輝の耳孔に注ぎ込まれていた。

どのくらい、そうしていただろう。

音がするのは、燭台の火に遊ぶ蛾が焼けているのか。

瞼を上げた時、覚悟は決まっていた。

鞘を受け取り、分厚い刀身をしまう。

「御所に戻る。日の出と共に宿を出よう」

美作殿は深く頷《うなず》いた。

「将軍として、儂《わし》は死のう」

足利尊氏公の宝刀を、頭上に捧げた。

「己の死で、将軍としての足利の名が生きるなら、甘んじてその運命を受け入れよう」

そして、宝刀に向かって深々と頭を下げたのだった。

足利義輝、闘死の四刻前
――五月十九日　卯の刻（午前6時頃）

朝日が浮かび上がらせたのは、百日紅の大樹であった。近江の国から太陽が昇っている。

美作殿や家老たちを引き連れた義輝の足元に、百日紅の長い影が触れる。

「上様、なぜ、国境に足を運ばれたのです」

分厚い唇を動かして、美作殿が不審気に訊《き》いてきた。

「心配するな。逃げるためではない。最後にあの百日紅を目に焼き付けたいだけだ」

木の影を踏むようにして、根元へと近づく。美作殿や家老たちが続く足音が聞こえてきた。

義輝は懐に手をやって、朱色の組紐を出す。剣士として生きたいと妻に言った時、願いが成就するようにと組んでくれたものだ。指を使って、結び目を解く。

剣士としての望みを捨てた今、もうこれは不要だ。

新芽のある枝を見つけて、組紐を結ぶ。剣士として生きたいと願う気持ちを、枝にきつく縛りつける。

指を離して、苦笑を浮かべた。大小四つの輪ができる結び方は、父が京から離れる時、必ずやっていた願掛けの方法である。

国境のこの場へ戻りたい。そう、願っているかのようだ。京へ行けば、絶対に生きて帰れぬと覚悟しているというのに。

だが義輝は、紐を解こうとは思わなかった。そうしてしまえば、縛り付けた剣士としての心がまた息を吹き返す。

「さあ、ゆくぞ」

朱紐が結ばれた百日紅に背を向けた。死地である二条御所へと、足利義輝は力強く歩いていく。

足利義輝、闘死の三刻前
——五月十九日　辰の刻（午前8時頃）

二条御所の広縁《ひろえん》から、足利義輝は築地塀《ついじべい》を見た。開け放った門があり、まっすぐに一本の道が続いている。御所を守る三重の塀があり、そのどれもが門を開けていた。大門と接する京の大路が見え、牛車《ぎっしゃ》が緩慢に進む様子が義輝の場所からもわかった。

早朝に帰ってから、義輝は敢えて門を開け放つように命じた。一万二千の大軍に三重の築地塀など、防壁にもならない。ならば堂々と大軍を迎え入れる方が、潔い。

義輝は東南の方角を見る。清水寺のある東山があった。遠目に、爪楊枝のようなものが幾千も並んでいる。三好松永らの軍勢が持つ旗指物だ。清水寺参詣の名目で、郊外の軍を動かしたのだ。

清水寺は、過去に何度も大軍が駐屯した広大な敷地を持っている。参詣に見せかけて、そのまま軍を置くつもりだろう。

義輝と同盟する南近江の六角家の援軍を阻止するためか。あるいは、義輝が東へと逃げぬように壁をつくるためか。

腕を組んで、考えた。

いや、そのどちらでもないはずだ。三好松永のやることにしては、余りにも生温《なまぬる》い。

目を細めて、旗指物を凝視する。

何かが変だ。

山を登る旗指物の動きが軽いのだとわかった。大軍を引き連れた旗奉行ならば、もっと雄々しく山道を行くはずだ。

「誰かある」

東山に顔を向けたまま叫んだ。小姓たちが、慌てて背後に侍る気配がする。

「三好松永勢に物見をして参れ。様子がおかしい」

旗指物が軽いということは、その下には大軍がいないということだ。

清水寺に布陣すると見せかけて、途中で本隊は反転したのではないか。そして、旗指物だけを寺に向かわせた。一方の本隊は、義輝のいる二条御所を襲う。

義輝の考えが正しかったことは、物見が帰ってくるより早く証明された。

まだ見えぬが、万を超える兵がこちらへ向かっている。その気配が、不穏な臭いと共に義輝のもとに運ばれてきたのだ。数隊に分かれ、御所を囲むように近づいてくる。

「望むところだ」と、呟いた。

大股で歩いて、家老たちの詰める一室の襖を開け放った。美作殿たちが、膝を寄せ合って何事かを談合している。中央には大きな紙が広げられており、そこに饗宴の内容が書き連ねられていた。

義輝は、三好らの饗宴の誘いを御所の中でなら受けると言ったことを思い出した。きっと、その段取りを確かめていたのだろう。従者に刀を預けているのか、何人かの重臣は丸腰だ。その迂闊さを内心でだけ罵倒して、義輝は口を開く。

「御所の門と道を掃き清めよ」

家老たちが、不思議そうな顔で見上げた。

「それはいかな意図があって」

訊いたのは、舅の美作殿だった。

「客人たちをもてなすためだ」

「はて、誰か参るのですか。三好殿松永殿らの饗宴は三日後のはず」

美作殿は首を傾《かし》げて考えこむ。

「その三好と松永がやってくるのよ。逆賊どもが清水寺から反転して、今こちらに向かっておる」

ははは、と何人かが笑いを零した。冗談だと思ったのだろう。義輝が睨《にら》みつけると、慌てて口を閉じる。

「滅びは必定《ひつじょう》なれば、潔く出迎えてやるのだ。さすが将軍家と、逆賊共が恐縮するように礼を尽くしてやれ」

家老たちは目を見合わせて、戸惑っている。

「ご注進」という叫びが、義輝の背中から襲ってきた。

振り向くと、物見にやった小姓が飛び込んで来た。着衣が黒ずむほどに汗をかいているのに、顔からは血の気が失《う》せている。

「三好松永の一党に不穏な動きあり。清水寺へ向けていた手勢を反転し、御所へ向かっております」

一斉に家老たちが立ち上がった。

「馬鹿な。何かの間違いだ」

「いえ、すでに軍を幾つかに分け、逃げ道を塞《ふさ》ぐように近づいております」

吐き出すように小姓は言う。

「し、閉めろ。早く門を閉めるのじゃ」

「いや、逃げるが先だ。門は閉めるな」

たちまち家老たちが狼狽《うろた》え出す。

その様子を、義輝は鼻だけで嘲笑った。

背を向けて、部屋を出る。

三つ続く門の先を見た。黒い一団が、こちらへとやってくるのが見える。陽光を反射するのは、槍の穂先だろう。

倒れ込むように横に侍ったのは、美作殿だ。

「早く閉めろ。門を閉めろ」

唾を飛ばし指示をするが、もう遅かった。三好松永の軍を目にした一番外側の門番が悲鳴を上げて、こちらへと逃げてくる。門は大きく口を開けたままだ。

黒い軍団が、鯨波の声を上げた。鉄砲の音がたちまち四方から沸き起こる。

かろうじて平静を保っていたのは、一番内側の門番たちだ。重い門扉を慌てて動かす。逃げ込もうとした番兵を阻《はば》むように、門は閉じられた。

「助けてくれ」

叫ぶ味方の声に続いて、矢が扉を叩く音がする。何百という矢が放たれたのだろう。にわか雨が傘を打つかのようだ。

「に、逃げ道は」

部下たちに怒鳴る美作殿に「無駄だ」と簡潔に答えたのは、義輝だった。

すでに御所の三重の塀はふたつまでが破られて、義輝のいる屋敷を三好松永勢が囲っている。大気に満ちた殺気から、鼠《ねずみ》一匹這《は》い出る隙さえないことが理解できる。

足利義輝、闘死の二刻前
――五月十九日　巳の刻（午前10時頃）

この場にいたって義輝のできることは、鎧《よろい》を着込み堂々と座すだけだった。畳を取り除いた板の間に床几《しょうぎ》を置いて、腰を落とす。左右に顔色の悪い群臣たちが侍っていた。それを見守るように、奥には歴代足利将軍の十二本の宝刀も並ぶ。

三好松永の軍は、館《やかた》を囲むだけでまだ攻めてこない。

あるいは、交渉の余地があるのかもしれない。蜘蛛の糸ほどの望みを託し、義輝は美作殿を軍使として敵陣に派遣していた。

無論、己の命を生き永らえさせるつもりはない。が、女房衆や侍女たちは逃がしてやりたい。そう、特に身重の妻だ。そのためなら、己の首などいつでも差し出すつもりだ。

美作殿が、襖を開けて入ってきた。

「おお、美作殿が戻られたぞ」

左右に並ぶ群臣の視線が、義輝の舅に集中する。

「どうであった。三好殿と松永殿は、鉾《ほこ》を収めてくれるのか」

この期に及んでまだ生に執着する家老たちが、口々に訊く。美作殿は、重い足取りで義輝の前へと近づいた。分厚い唇は、冬の日のように乾いて、亀裂がいくつも入っている。

「上様、ただいま帰りました」

「礼は不要だ。返答を申せ」

平伏しようとする美作殿の頭が虚空で止まる。

「は、三好松永めらから、上様ご助命の条件を聞いて参りました」

おおお、と群臣たちがどよめいた。

美作殿は懐から書状を取り出し、読み始める。

まずは、義輝の将軍退位と従弟の義栄の将軍即位を認めること。これは、予想の内だったので、何人かの家老が安堵の息をつく。

「さらに三好めらは、佞臣《ねいしん》の処断を求めております」

緩みつつあった場の空気が、一気に凍えた。

「今から申す家臣の首を持ってくるようにとのことです」

義輝は先を促す。美作殿は、まず己自身の名を挙げた。覚悟の内だったのか、間髪いれずに列席する家老たちの名を次々と挙げていく。場にいるほとんどの者の名前が読み終わる頃、何人かが床に突っ伏して泣き始めた。

全て言い終わったにも拘らず、美作殿の唇は何かを伝えるように震えている。

「まだ、あるのか」

骨の軋《きし》みが聞こえそうな動きで、舅は頷く。

「申せ」

「いま、ひとつの条件は、上様の子を身籠った我が娘の処刑でございます」

言ってから、美作殿が激しく震え出した。手に持つ書状が落ちる。風に吹かれて舞い上がり、義輝の眼前を彷徨《さまよ》った。

義輝は動揺しない。それさえも、予想していた。

「美作よ、今一度三好の陣へ行け。そして、我が命と引き換えに、妻と子を助命するように伝えろ」

美作殿は首を横に振った。

「上様のご気性はよう存じておりますれば、不遜は重々承知の上で、すでにその件も伝えております る」

義輝の視界を塞ぐように、書が舞っている。

「まさか、奴らは承服しなかったのか」

「はい。上様がご生害《しょうがい》あろうと、我が娘と身籠った子の命は許せぬと」

崩れるように、美作殿は膝をつく。

身の内から、滾《たぎ》るものがこみ上げた。毛穴から、熱湯が滲《にじ》むかのような錯覚に襲われる。

書状が顔のすぐ前を横切った時に、義輝は抜刀していた。

奇声とともに書をまっぷたつに断つが、それは武芸でも何でもなかった。勢い余って、切っ先が床を襲う。手の内（握り）も滅茶苦茶な刀は、剣の平から当たり、激しくたわんだ。骨が粉砕されるような異音とともに、呆気《あっけ》なく折れる。

弾《はじ》けるように両手から柄が離れて、転がった。まっぷたつに折れた、己の宝刀に目をやる。

天下の征夷大将軍が、妻と子さえも助けることができぬのか。

肩を大きく上下しないと、息ができぬほど苦しかった。

「ご心中、お察しします」

美作殿が、脇差を抜きつつ言う。

「上様、愚かな舅である某《それがし》に言いたきこともあるでしょう。百万語をもってしても、胸の中は言い尽くせぬでしょう」

　懐紙を取り出して、刀身を握る。

「腹を切るのか」

「はい。そして、お願いがござります。この愚老めの介錯を、できることなら歴代足利将軍家の宝刀のひとつで」

　美作殿の目が泳ぐ。視線の先をたどると、初代からの十二本の宝刀が並んでいた。義輝はそのうちのひとつ、亡父十二代足利義晴《よしはる》公の刀を摑《つか》み、抜いた。

「前主の刀で逝くことができるとは、某は果報者でございます」

　義輝が向き直ると同時に、美作殿は腹に脇差を突き刺した。間髪いれずに、義輝は介錯の宝刀を振り上げる。

　熟した柿が落ちるように、美作殿の首が床に転がった。

　墓標がわりに、血塗《ちぬ》れの宝刀を死体の側《そば》に突き刺してやる。

　この間に、義輝は全ての覚悟を決めた。

「宝刀をふたつ持て」

　歴代将軍の十一本の刀を指さした。小姓が十一代義澄《よしずみ》公と十代義植《よしたね》公の宝刀を持って、駆け寄る。差し出したので、首を横に振った。

「儂ではなく、妻に渡してくれ」

小姓は怪訝《けげん》そうな顔をした。

「儂が敵の目を引きつけるゆえ、裏門から逃げよ。そう伝えよ」

続けた義輝の言葉に、小姓は抱えていた宝刀を取り落としそうになった。

「もし、落ちることがかなわなければ、足利家の宝刀で命を断てと言え」

「は、はい。ですが、なぜ、二本の宝刀を奥方様にお渡しするのですか」

訊いてから、理由に気づいたようで小姓は顔を歪める。

一本は妻のために、もう一本は腹の中の赤子のためだ。唇を噛んで小姓は俯《うつむ》き、鼻をすする。

「よし、表門に近い客間で敵を迎え討つぞ。残る宝刀を全て持って参れ」

足利義輝は板間を軋ませて歩く。立ち尽くす小姓に「くれぐれも頼んだぞ」と言いおいて。

足利義輝、闘死の一刻前
——五月十九日　午の刻（午前12時）

　客間の畳に義輝は宝刀を突き刺した。ひとつ、ふたつ、みっつ……と。全部で九本を列柱のように並べると、前へと向き直る。

　己を守る武者はいない。全ての者に去るように言った。襖は全て開け放っており、隠れるつもりはない。あとはただ、力の限り剣を振るうだけだ。

「いたぞ」と、声がかかった。

　黒い甲冑《かっちゅう》に身を包んだ三好松永勢が、とうとう義輝を見つけた。数十人はいるだろうか。

　おもむろに手を伸ばし、九代義尚《よしひさ》公の宝刀を摑む。

　名乗る暇もなく、槍が繰り出された。

　穂先を限界まで引きつけて、かわすと同時に義輝は刀を操った。

　力はほとんど必要ない。義輝の体を貫こうと思っていた敵は、体勢を大きく崩しているからだ。相手の首筋に、刀を添えるだけでよかった。頸動脈から赤い血が勢いよく噴き零れる。

「おおぅ」と、押し寄せる武者たちが驚愕した。その中には、賞賛の色合いも多分に含まれている。

ひとりが、一歩前へ出た。兜の下の目が輝いている。

「その体捌き、鹿島新当流とお見受けした。もしや……」

「いかにも、足利家十三代当主足利義輝である」

血振りの動作と共に答えると、白い歯を見せて武者は応えた。

「好敵かな、好敵かな。神仏に感謝いたす」

快哉と共に、兜武者が刀を振り上げる。

しかし、切っ先が前に落ちることはなかった。

義輝の放った横一文字の剣光の方が、遥かに疾《はや》かったのだ。兜ごと、武者の顔をふたつに割る。

『高上奥位十箇ノ太刀』の十ノ太刀である。

さらに押し寄せる足軽を薙《な》ぐ。

数人斬った時点で、手応えが鈍く変化した。刃こぼれしたのだ。厚い鉄の兜を両断したのだから、無理もなかろう。

得物を捨て、八代義政《よしまさ》公の宝刀を握った。紺色威《おどし》の武者が横に振った薙刀《なぎなた》を跳んでかわし、斜めに刀を操る。

『高上奥位十箇ノ太刀』の九ノ太刀。

鎧ごと袈裟《けさ》懸《が》けに両断する勢いは、途中で刀が曲がるほどだった。

続いて、七代義勝《よしかつ》公の刀で奥義の八ノ太刀を浴びせ、一騎打ちを所望する巨軀《きょく》の侍には、六代義教《よしのり》公の宝刀で七ノ太刀を繰り出し腹を割る。

「怯むな。かかれ、殺せ。こちらは一万の数がいるのだ。絶対に負けぬ」

面白い、と思った。

気力が充実する今ならば、百万の敵さえも斬り殺せるはずだ。

足利義輝、闘死の刻
――五月十九日　未の刻（午後2時頃）

義輝は次々と刀を振るう。刃こぼれし、脂がまとわりつけば、次の宝刀をとり奥義の技を放つ。

三ノ太刀は、二代義詮《よしあきら》公の剣で武者の体をみっつに引き裂いた。人体の内で最も両断が難しいとされる骨盤をまっぷたつにした代償で、切っ先が大きく欠ける。

とうとう、初代尊氏公の刀を摑んだ。蛤のような刃厚は、きっと百人斬っても刃こぼれはしないだろう。

「やれっ。もう将軍の得物は一本だけだ」

遠くの方で、侍大将が叫んでいる。

命知らずの足軽たちが、下知《げじ》に狂声で応えた。

義輝は、一際重い宝刀を唸《うな》らせる。

迫り来る穂先や切っ先がひしゃげる。さすがは、尊氏公の佩刀である。握る宝刀は、刃こぼれひとつしていない。

臓物が爆《は》ぜるように散り、首が蹴鞠《けまり》のごとく跳ねた。

意思とは関係なく、義輝の顔が横を向く。本能が、手強《てごわ》い武者がいると教えたのだ。

顔はわからない。俯き加減で、ひとりの男が近づいてくる。

粗末な足軽の胴丸に身を包み、陣笠もかぶらずに白髪を露にしていた。赤い組紐が、腰の辺りでちらついている。

切っ先を寝かせるように、義輝は血に濡れた畳につけた。下から上に斬り上げる刀勢は、『高上奥位十箇ノ太刀』の二ノ太刀だ。

義輝が知る最高の技である。

今までとは全く違う手応えが広がる。二ノ太刀を振り抜く半ばで、急に重さが消えたのだ。

思わず、義輝の膝が崩れる。傾ぎそうになる重心を、必死に保つ。視界に映ったのは、信じられない光景だった。

足利尊氏公の宝刀が、半ばでまっぷたつに折れているではないか。

戦《いくさ》の最中だというのに、義輝の体は金縛りにあったかのように固まる。

何が起こったのか理解できない。

幾十もの怒号が鼓膜に突き刺さる。視界の端から、好機と見た武者や足軽が血走った目で襲いかかる。

もはや、義輝の得物は用を成さない。身を守るものは体捌きしかないが、いまだ心身は惚《ほう》けたままだ。

刃が光となって迫り、烈風がそれを粉々にした。

殺到する武者たちが、次々に倒れていく。銀髪の足軽が、枝でも振るかのような仕草で、敵の喉笛に刀を突き刺していく。

義輝の背後から迫る殺気に、老足軽は刀を薙ぐ。剣風が頬を撫で、遅れて匂いが鼻をついた。

癖のある甘さは、丁子の香りだ。

昨夜、宿の庭で嗅《か》いだものではないか。

師である塚原卜伝の匂いだ。

舞うように戦うのは、白髪白髭の塚原卜伝だった。十数人を斬り伏せたところで、「ひいい」と悲鳴が上がる。

それが合図であったかのごとく、潮が引くように敵が間合いを遠くとった。

「師よ、なぜ、ここに」

塚原卜伝は囲む敵を、ぐるりと睨みつけた後に、義輝へ顔を向けた。

師の腰帯に何かが刺さり、赤いものが見える。まさか手傷を負ったのかと思ったが、違う。腰にあったのは、百日紅の枝だった。新芽があり、その下に朱色の組紐が結ばれている。

視線に気づいて、卜伝は腰に差した百日紅の枝を取り上げた。

「近江の国境から、ずっと見守っておりました。そして今、将軍家累代の宝刀を手に戦うお姿を、しかと検分しました」

義輝を見つめる目は、慈愛に満ちている。手に持つ枝の組紐には、蝶の羽のような大小四つの円が揺れていた。

「見事でございます。将軍の身でありながら、よくぞここまで修練されました」

たったそれだけの言葉だったが、骨髄さえも震えるかのような歓喜が義輝の全身を貫いた。

「今日参ったのは、秘伝である一ノ太刀を伝授せんがため。一ノ太刀は一子相伝ならぬ、一死相伝が掟。師とそれを超える器量の弟子が命懸けで仕合い、どちらかの死をもって相伝すると決まっております」

「で、では一ノ太刀とは」

「先程、上様の刀を折った拙者の太刀筋を思い出しなされ。それが、全てでございます」

義輝は先程の一撃を反芻《はんすう》する。師の手の内（握り）が独特であった。斬り裂く瞬間、笛でも奏でるかのように、指が躍っていた。

「おおう」と、歓喜の声が漏れる。

最後の奥義が理でも論でもなく、体感としてその身に流れこんだのだ。

義輝は折れた宝刀を放り投げた。

足元にある足軽の刀を拾う。

師と同時に頷き合い、互いに御剣の構えを取った。

不思議だ。無銘の雑刀にも拘らず、手に馴染む。まるで、己の体の一部のように感じる。

それだけではない。体も軽いのだ。まるで、何かの荷を下ろしたかのように。

背後を一瞥する。不具になった将軍家累代の刀が、屍体のように転がっていた。

そうだ。己は、間違いなく荷を下ろした。

ふたりの剣士は、互いに青眼に構える。

静かな気迫は、さらに囲む武者たちを数歩下がらせた。

「いざ」

どちらともなく言うと、剣が獣のように咆哮《ほうこう》する。

間合いが捩《よじ》れ、一点に凝縮し、爆ぜた。

同時に放った一ノ太刀は、わずかに卜伝が疾かった。

義輝の視界が朱に染まり、切っ先は虚空を泳ぐ。

不思議と痛くはない。心地よい疲れが、全身を抱擁する。

「見事でございます」

崩れる体に、声がかかる。

「今の太刀捌きこそが、一ノ太刀でございます。何十人と斬り結んだそのお体で、よくぞ体得された。鹿島新当流、間違いなく皆伝でございます」

倒れゆく義輝に、師の叫びは子守唄のように優しい。

「だが、まだ皆伝の儀は終わっておりませぬ」

一変して、卜伝は強い口調で命じた。

「上様、最後の力を振り絞り、体を起こしなされ」

震える腕を突っ張って、首を師に向ける。

塚原卜伝は刀を垂直に立て、刃先を己に向ける御剣の構えを取っていた。

「冥府での再戦を約定《やくじょう》するのが、一死相伝の最後の儀式。それを御剣の構えにて誓い、現世の別れとするのです」

師の腰には百日紅の枝があり、朱色の組紐が血よりも鮮やかな色を放っている。

「いずれ、この老体もすぐに黄泉路《よみじ》へ行きまする。その時まで、しばしお待ちいただきたい」

にやりと笑うと、義輝の口の中に鉄の味が広がった。震える手で雑刀を探り、掴む。

刃先を顔に向けて、御剣の構えを取った瞬間、視界を染めた朱が黒に変わる。

丁子の香りと組紐の赤だけが、薄れゆく意識のなかで、いつまでも生彩を放っていた。

さいごの一日

チクタク、チクタク。

徳川家康《とくがわいえやす》の枕元で、南蛮《なんばん》時計の針が時を刻む音がする。

今日は随分と気分がいい、と家康は思った。錦布団の中で、肉が落ち皮膚がたるんだ腕を動かし胸にやる。胃のあたりには、硬いしこりがあった。微《かす》かだが、確実に昨日より大きくなっている。三月前に鷹狩りで倒れてから、家康の臓腑を食《は》むように大きくなり続けている。

病などに負けてなるか、と歯を食いしばる。往時と違い欠けた歯が多くなってしまっているが、それでも顎の奥から闘志が湧き出てきた。

家康は密《ひそ》かに満足する。

薄《うっす》らと目を開けた。

先程定刻の侍医の診察が終わったところだから、巳《み》の刻（午前十時頃）のはずだ。が、障子の隙間からは分厚い雲が見えて、陽光を遮っている。おかげで、夜のように暗い。

燭台に火を点《とも》しているのに、それでもまだ足りぬほどだ。

チクタク、チクタク。

目を動かすと、金色に輝く南蛮時計があった。

四角い柱を位牌ほどの高さに切断し、上にお椀を載せたような形をしている。中央の丸い文字盤がうっすらと見えた。『Ⅰ』や『Ⅱ』などの南蛮数字と長短ふたつの針があるはずだが、燭台の灯りだけでは読み取れない。

五年前の慶長十六年（一六一一）、スペイン国王フェリペ三世から贈られたものだ。

慶長十四年にスペイン船が房総半島で座礁したので、救ってやった御礼の宝物である。日の出を卯《う》の刻（午前六時頃）、日の入を酉《とり》の刻（午後六時頃）として、季節ごとに一刻《いっとき》（約二時間）の長さが違う日《ひ》ノ本《もと》とは違い、一日を二十四の時に等分に区切り、さらに時を六十で分かつ南蛮の正確無比な時計は、家康の性分にあっていた。常に自分の周囲に置くようにし、その習慣は病床の今も変わらない。

チクタッ……ク、チク……タッ……。

どうしたことだろうか。徐々に、南蛮時計の音が弱まりつつある。カラクリを巻いてやらねばならない。

「誰かある」

家康は声を出した。病床の身にも拘《かかわ》らず、思いの外大きな声が出た。しかし、誰も反応しない。

妙だなと思った。

大樹とも称される日ノ本最高の武士が寝ているというのに、警護や世話で侍《はべ》る者がひとりもいないのだ。

「天下を統一した奢《おご》りだ。油断大敵もいいところよ」

家康は溜め息をついた。

昨年の大坂の役で、お拾い様こと豊臣秀頼《とよとみひでより》とその母の淀殿《よどどの》を焼き殺した。徳川に歯向かう者がいなくなった心の弛《ゆる》みか。家康の旗本たる三河《みかわ》武士にあるまじきことだ。

「このような心構えでは、徳川の世も短命に終わる。叱りつけてやらねば」

口にしつつ、ゆっくりと上体を起こした。

他人の手を借りずに身を起こすのは幾日ぶりだろうかと、今日の体調に驚いた。

動きを止めた南蛮時計を手に取る。長短ふたつの針は、ちょうど『Ⅻ』という数字を差し、止まっていた。今は巳の刻なので、本来なら短い針が『Ⅹ』を差しているはずである。

「時が違う。これも油断なり」

もし、儂《わし》があの織田信長《おだのぶなが》だったならば、小姓と侍女の首は飛んでいたはずだ。

そんな皮肉を考えつつ、カラクリの小さな把っ手《とって》をつまみ、捻《ひね》る。

キリキリと音を立てて、回す。針を直そうと思ったが、正確な時は太陽が中天にくる正午にならないとわからない。

家臣共が気づくのにどのくらいの時がかかるかを、この南蛮時計で測ってやろう。家康は、意地の悪いことを思いついた。

針を『Ⅻ』に合わせたままにする。南蛮時計が息を吹き返した。

チクタクと、心地よい音で時を刻み始める。

家康は首を後ろに捻った。何かの音がする。いや声だろうか。

チクタク、チクタク……おぎゃあ。

チクタク……おぎゃあ……チクタク。

カラクリの音の隙間から、赤子の声が聞こえてくるではないか。

家康は舌打ちをする。珍しく気分がよいというのに、興ざめだ。

家康のいる駿府《すんぷ》城に泣いた赤子を連れてくるなど、無礼も甚だしい。怠慢の極みと言えるだろう。

家康が生まれた頃の三河の武士たちは、常在戦場の心構えを崩すことがなかった。だが、それも過去の話か。

「これ、赤子が耳障《ざわ》りだ。誰かあやしてまいれ」

家康の声が聞こえたわけではないだろうが、遠ざかるように泣き声が小さくなる。だが完全には消えない。

「ふん、太平も考えものだ」

もし己が豊臣秀吉《ひでよし》なら、それを嘆きまた朝鮮半島へと征明の軍を送るかもしれない。

赤子の声を無視して、錦布団の中へと老体を潜り込ませた。

「家中がこの様では、病に負けておる場合ではないわ。まだまだ儂が気張らねば」

溜め息と欠伸《あくび》を一緒に吐き出して、家康は瞼《まぶた》を閉じる。

南蛮時計、0時58分を刻む。

雨垂れのような泣き声が、家康の耳孔に注ぎ込まれている。先程までの赤子の泣き声と、音が違うことに気づいた。シクシクと、家康の体を濡らすかのようだ。

首を持ち上げて、視線を動かした。

目の前にある小さな黒い影は、最初は地蔵かと思った。無論、駿府城の家康の寝室に、そんなものがあるはずがない。

何より異様なのは、その影が泣いていることだ。

「ははぁうえぇ、ははうぅえぇ」

哀しげな声を絞り出している。どうやら「母上」と呼んでいるようだ。

南蛮時計を手で引き寄せる。短い針は『I』を差さんとしていた。あれから半刻（約一時間）ほどの時がたっている。

「いやだぁ……。ははうぅえぇえ、いかないで。もどってきて」

家康は両手を使って、布団から這《は》い出る。目を細めて、影を凝視した。そこにいたのは、三歳ほどの男の子だ。

はて誰であろうか、と首を捻る。

紙切れのような小さな掌の隙間から見える目鼻に、思い当たる節がある。どこかで、見たことがある男の子だ。だが、記憶の底からは名前が出てこない。

確かなのは、この童が家康の血を引いているということだ。数多《あまた》いる家康の孫の内のひとりだろうと、見当をつけた。なぜなら、丸い顔と垂れた耳たぶの輪郭が、鏡で見る己の顔と似ているからだ。

「誰かある」

家康が叫ぶと、男の子は細い両肩をびくつかせた。瞼の隙間の瞳は、涙で溶けそうになっている。

「誰か、この子を連れていけ。病に障る」

家康の声は、無人の館《やかた》に吸い込まれた。

仕方なく男児へと向き直る。

「いつまで泣いておる。お主も三河武士の子であろう。我が血を引いておるのだろう。泣く暇があれば、鍛錬せい」

従順にも、男の子は母を呼ぶことを止《や》めた。

かわりに、ヒックヒックとしゃくり始める。頬は失禁したかのように濡れ、溢《あふ》れた涙が顎から二滴三滴と床に落ち始めた。

家康は背中を向けて、枕に頭の重みを預けた。

南蛮時計、1時55分を刻む。


まだ人の気配が去らない。

瞼を上げた。南蛮時計に首を伸ばすと、短い針は『II』の辺りを差している。

思わず家康の上半身が跳ね上がった。

体が戦慄《わなな》き出す。

そこにいた三歳ほどの男の子がいない。かわりに六歳ほどの童が、両膝を抱えるようにして座っているではないか。

唇を噛み、血走った目を家康へと向けてくる。垂れた耳たぶが、不穏に揺れていた。丸い輪郭の頬はこけて、抉《えぐ》れたかのようだ。

あわてて手を背後にやり、刀架に架けていた脇差を握った。

「貴様、何者だ。物《もの》の怪《け》かっ。それとも悪霊か」

勢いよく刀を抜き放つ。

ここにきて、家康は目の前の童が尋常の人ではないと悟った。三歳の男の子が、いつのまにか六歳の童に成長してしまっている。

嚙んでいる唇を放し、童は口を開いた。

「わ、わたくしは……、あくりょうでは、ございませぬ」

恐ろしく暗い声だった。家康の背骨が氷に変じたかと錯覚するほどである。

影が動くように、童は静かに立ち上がった。生気の抜けた瞳で、家康を見下ろす。

「わ、わたくしは……、ひとじちです」

向けていた家康の刀の切っ先が大きく揺れる。いや、家康自身の体が激しく戦慄いていた。

童を見る家康の目が徐々に上を向く。童の背丈が、大きくなっているのだ。

植物の蔓《つる》が長くなるように、手足や胴体が伸びて肉がついていく。時がひしゃげ潰されて、瀑布《ばくふ》のように押し流されたかのようだ。ひとつ瞬《まばた》きするたびに一年が経過するかのように、童は少年へと成長していく。

十代の半ばほどになった。弱々しかった四肢には肉がつき、初陣も可能だろうと思われる。だが、逞《たくま》しい体とは対照的に、丸い顔の中の目尻は下がり、眼球は充血したままだ。戦場に放り込まれた兎《うさぎ》のように、卑屈な視線を家康に向けてくる。

錦布団のように分厚い怖気《おじけ》に、家康は包み込まれた。過去に感じたどの恐怖よりも、優しく執拗に老体を縛《いまし》める。

「だ、誰かおるか」

女人のような金切り声しか発せられない。構わずに家康は言葉を継いだ。

「は、はよう参ぜよ。また、妖《あやか》しが出たぞ。儂を助けにこい」

だが、誰も応ずるものはいない。

怪異はその様子を一瞥して、ゆっくりと背を向ける。

家康の命令と少年の背中は、闇の中に溶けるように消えていく。


南蛮時計、6時05分を刻む。


家康は震えながら、ずっと刀を抱いていた。揺れる奥歯を強く噛み、震える顎を懸命に固めようとする。

ミシリ、ミシリと床を踏む音がした。

心の臓が、見えぬ手で握られたかのように苦しい。家康は、脇差をきつく抱きしめた。

床の軋《きし》みは、徐々に家康へと近づいてくる。赤い影が見えた。鍔《つば》をまさぐり、家康は慌てて鯉口《こいぐち》を切る。

闇の中から現れたのは、鎧《よろい》を着込んだ武者だった。血のように赤い甲冑《かっちゅう》が、燭台の火を鈍く反射している。

鎧が身の内を蝕《むしば》んだかのように、若武者の目は充血していた。重たげな耳たぶと丸い顔の輪郭から、先程の妖しの童が成長したのだと悟る。今や十代後半のたくましい体で、脇差を抱く家康を見下ろす。

唇の片端が跳ね上がり、若武者の半面が醜く歪《ゆが》んだ。

「何が東海一の弓取りだ。尾張《おわり》のうつけ風情に、首をとられおって。無様もいいところだ」

家康の目の中を覗《のぞ》きこむように、顔を近づける。

「のう、貴様もそう思うだろう。儂や三河武士を、走狗《そうく》のようにこき使った報いだ。因果応報とはこのことよ」

「ま、まさか、お主は」

家康は、震える指を武者に突きつけた。

「そうだ。やっと悟ったか」

嘲《あざけ》りの気をたっぷりと含んだ声だった。

同時に、怯《おび》えていた家康の心身が徐々に平静を取り戻す。家康は、目の前にいる怪異の正体を悟った。

眼前の赤武者は、若き頃の己だ。

今から五十六年前、数えで十九歳の頃、桶狭間《おけはざま》の合戦の時の徳川家康だ。いや、より正確には、〝松平元康《まつだいらもとやす》〟と古い姓と諱《いみな》（本名）で呼ぶべきだろうか。

義元《よしもと》から贈られた赤い甲冑に身を包んでいるのが、その証左である。

南蛮時計、6時10分を刻む。

松平元康は、家康を見下ろす。眼球の赤い亀裂が徐々に短くなり、目は白さを取り戻し始める。逆に、下がり気味だった眦《まなじり》は極限まで吊り上がる。仁王のような、峻厳な面構《つらがま》えに変わった。

四半刻（約三十分）もたっていないのに、明らかにそれ以上の時が松平元康の身に降り注いでいる。

先程までに現れた幻や怪異の数々を、家康は反芻《はんすう》する。

最初の赤子の声は、生まれたばかりの家康のものに違いない。

次に現れた三歳の男児も、そうだ。竹千代《たけちよ》と呼ばれた三歳の頃の家康の分身である。母を慕い泣いていたのが、その証左だ。

竹千代と名付けられた家康だったが、母との暮らしは短かった。父が今川《いまがわ》家と同盟を結ぶために、離縁したからだ。母は織田家と同盟する水野《みずの》家の娘だったのだ。この頃の思い出といえば、いなくなった母を求めて泣いていたことしかない。

そして次に現れた童は、父親のもとからも引き剝がされた六歳の頃の家康である。今川家に人質として送られることになったのだ。故郷を離れた六歳の竹千代に、信じられない事件が降りかかる。今川家の本拠地・駿府へと赴く途中に、あろうことか織田家に誘拐されたのだ。敵地での数年の人質生活は、死と隣合わせの恐怖を朋輩《ほうばい》としなければいけなかった。

そして、紆余曲折を経て、本来の今川家の人質になった時には、父は死んでしまっていた。

竹千代と呼ばれた頃の人生のほとんどを、家康は人質として送っていた。

そして目の前にいるのは、十九歳の頃の己だ。いや、それは先程のことだ。もう、違う頃の自分になっている。

「儂は今川とは手を切る」

若き己は、義元からもらった赤鎧を脱ぎ始めた。乱雑に床に投げ捨てていく。

「清洲《きよす》の織田上総介《かずさのすけ》殿と手を組む」

胴だけでなく、草摺《くさずり》や籠手《こて》も落とす。

「まず手始めに、今川の牛久保《うしくぼ》城を攻める。それを手土産にして、織田に帰参する」

眉間にも深い皺が刻まれた。

目の前にいるのは、今川家から独立した頃の二十歳の己だ。

完全に赤鎧を脱ぎ去り、右足で蹴り飛ばす。

が、家康は気づいていた。満ちる気迫とは対照的に、握る拳は震えていることに。

数十年前の過去を思い出しつつ、若き己に語りかける。

「よいのか。今川には、妻と子が質にとられているのだぞ」

家康の言葉に、拳の震えが増した。

この頃、妻と三歳の嫡男は、家康の元から離れて駿河にいる。今川家の人質としてである。家康が今川家の城を攻めれば、妻と子はただではすまない。裏切りには、死をもって報いるのが戦国の定法《じょうほう》だ。

「仕方あるまい」

若き己は言葉を零《こぼ》す。

「儂は一個の男として、名を轟《とどろ》かせるつもりだ。そのためには、一刻も早く今川と手を切らねばならんのだ」

家康は腰を浮かし、二十歳の若造を睨《にら》みつける。

「正気か。そのためには妻子を……」

「そうだっ」

怒鳴り声が、家康の言葉を遮った。

「妻子を捨てたとしてもだ。それも覚悟の上だ。貴様は、そんなことさえも忘れてしまったのか」

浮いていた家康の腰は、すぐ床に落ちた。

「腑抜けめ。見ておれ、儂は妻子を捨ててでも名を天下に轟かせてみせる」

二十歳の己は背を向けて、家康から離れていく。

「儂は、このままの男で終わるつもりはない」

背中が闇の中へと溶けていく。

「いつまでも人質の竹千代ではないのだ」

猛《たけ》る声だけが、家康のもとへと届いた。

病の苦しさはどこかへと消えたというのに、家康は腰を上げることができない。

二十歳の時、家康は今川家に鉾《ほこ》を向けた。

幸いにも人質の妻子は殺されることはなく、後に家康のもとに戻ってきた。が、当時植え付けた恐怖の根は深かった。それは家康への不信という溝に変わり、後に徳川家をふたつに割りかねない事態へと発展する。

「今、思えばだが」

ぽつりと言う。

「今川を裏切らぬという手もあったのではないか」

事実、家康の部下には元今川家の旗本が多くいる。岡部《おかべ》家や井伊《いい》家などの、元今川家家臣の大名も少なくない。彼らのように、強き者が出てくるまでひたすら待ち続け、大勢が決すればなびく。

そんな生き方もできたのではないか。

今となっては、遅すぎる後悔だ。

「竹千代、すまぬ」と、呟《つぶや》いた。

自身に謝ったのではない。今川に人質として送った嫡男に、言ったのだ。家康は、生まれたばかりの嫡男に竹千代と名付けていた。己と同じ幼名である。

思えば、それが唯一息子に与えた無私のものだった。


南蛮時計、9時55分を刻む。


チラリと南蛮時計を見た。どうやら、南蛮時計と目の前に現れる己の幻の年齢には、法則があるようだ。

家康は、素早く勘定する。

南蛮時計の一時間が、約三年に相当するとわかった。ならば、十時が近い今は、三十歳か三十一歳の己が現れるはずだ。

家康の思案を妨げたのは、悪臭だった。

思わず顔を顰《しか》める。臭《にお》いは徐々に近づいてきて、嘔吐《えず》きそうにもなった。

目と口元に小皺を刻んだ己が姿を現した。戦塵に汚れた小具足姿で、袴《はかま》の股の部分が茶に変色している。鼻がもげるような臭気は、そこから発せられていた。

足取りをふらつかせながら、家康のもとへと近づいてくる。恐怖と怒りをその身で飼い馴らしかねているのか、目鼻口からありとあらゆる体液が滲《にじ》んでいた。

「無様なものだな。己の弱さも知らずに戦いを挑み、敗れたのか」

詰《なじ》るように語りかけた。

これは三十一歳の頃の己だ。上洛の大号令をかけた甲斐《かい》の武田信玄《たけだしんげん》と、家康は遠江国《とおとうみのくに》の三方原《みかたがはら》で戦った。そして大惨敗を喫する。あわや討ち死にという危機を、無様にも脱糞しつつ逃れたことが、昨日のことのように思い出された。

「黙れ」

涙と鼻水の混じった唾を吐き散らし、三十一歳の己は叫ぶ。

「儂は弱くない。ろくな援軍を送らなんだ、織田弾正忠《だんじようのちゆう》（信長）が悪いのじゃ」

悪臭と共に、歪めた顔を近づけてくる。

「いや、違う」

家康の声に、表情が岩のように硬化した。

「敗因は、織田の援軍の少なさではない。お主が、武田の挑発に乗ったことだ」

三十一歳の己の顔から血の気が引く。

武田軍はあろうことか、浜松城に籠《こも》る徳川家康を無視して素通りしようとしたのだ。今にして考えれば、挑発である。

若かった家康は、それに乗ってしまった。城を開けて打って出たところを、反転した武田軍に散々に打ち破られたのだ。汚物をまき散らし逃げることしか、家康にはできなかった。

「挑発に我を失ったのが、全ての敗因だ。なぜ、武田を素通りさせなんだ」

「ふざけるな」

殺気の滲む目で睨まれた。

「徳川家の棟梁である己に、素通りする敵を見逃せというのか」

足を強く踏みならす。まるで、駄々をこねる童のようだ。

「そうか、そうだったな」

家康は嘆息と共に声を絞り出した。

「お主は、何としても戦わねばならなかったのだな」

家康の声に、向けられていた殺意の矛先が鈍る。

「妻と子に、戦う姿を見せねばならなかった。思い出したぞ」

三十一歳の己は、とうとう視線を床に落とした。

成人し三郎《さぶろう》信康《のぶやす》と名乗っていた嫡男は、たくましい若武者に育っていた。父家康以上の勇者といわれ、多くの三河武士から慕われていた。居城の岡崎城をとって、岡崎衆と呼ばれる一派を築くほどだった。

もし武田勢の通過を許せば、武人としての家康の名声は地に落ちる。かわって上がるのが、嫡男の三郎信康の信望だ。

戦国の世に、父子相克の例はあまりに多い。武田を見逃すことで、あるいは徳川家もその轍《てつ》を踏むかもしれない。家康は、そう考えた。

人質だった嫡男を見捨てた過去がある家康にとっては、ある意味で武田軍よりも己の息子の方が怖かったのだ。

「黙れっ。わかったような口をきくな」

「いや、黙らぬ。なぜ、力を誇示することで、子を従わせようとした」

たたらを踏むように、三十一歳の己が後ずさった。

「なぜ、もっと子と、三郎と話をせなんだのじゃ」

「ううう」と呻《うめ》きつつ、未熟な己は中腰になる。そして、足を一歩二歩と下がらせた。まるで怯えた野良犬のような所作だ。

「待て」

家康が立ち上がると、背中を見せる。逃げるように駆けていく。

追おうとして、家康は足を止めた。

視界の隅に、南蛮時計がある。置いていく気には、なぜかなれなかった。チクタクと鳴る南蛮時計を両腕で抱え、過去の未熟な己が消えた闇へと歩いていく。汚物の臭いが、まだ微かに鼻をくすぐった。

南蛮時計、12時30分を刻む。

洞窟のように薄暗い廊下を、家康は歩いていく。床の軋みと、南蛮時計が時を刻む音だけが、不思議な旋律で和する。

やがて闇から浮かび上がるように、過去の己が姿を現し始めた。髪には何本か白いものが混じっている。目の下には、濃い隈《くま》もできていた。

何事かを、しきりに呟いている。

「仕方なかったのじゃ、仕方なかったのじゃ」

そんな声が聞こえてきた。

目の前にいるのは、三十八歳の己に違いない。

忘れもしない。この歳の九月十五日、家康は信長の命令で、妻と嫡男の三郎信康を処刑したのだ。

ふたりが武田家に内通したというのが理由だが、明らかに言いがかりだった。長篠《ながしの》の合戦で武田家に壊滅的な打撃を与えてから、信長にとっては精強で忠勇な三河武士団を率いる徳川家こそが目障りな存在なのだ。

三十八歳の己は、頭を潰さんばかりに両手で強く挟みこんだ。

「許してくれ、許してくれ、築山《つきやま》よ」

家康の妻の名を、喉から絞り出した。

「許してくれ、三郎。許してくれ、竹千代よ」

己の幼名を与えた、嫡男の名を叫ぶ。

唾を飲み込み、一歩近づいた。

三十八歳の己は、ゆっくりと顔を上げる。目の下の隈は涙に濡れていた。

「教えてくれ」

家康に近づき、腰にしがみつく。

「儂はどうすればよかったのじゃ」

家康の体が凍りついた。唇が戦慄くが、容易に言葉を紡《つむ》ぐことはできない。

「なぜじゃ、どうして答えてくれんのだ」

家康の腰を揺さぶりつつ訊《き》く。

「誰か、教えてくれ。儂はどうすればよかったのじゃ」

家康の体から手を離し、髪を掻《か》きむしり始めた。白と黒の髪の毛が、何本も床に落ちる。最後はこめかみの毛を手で摑《つか》み、引きちぎる。音を立てて抜け落ちる髪を見て、家康はやっと言葉を吐き出せた。

「儂にもわからん」

もし、あの時、妻と子の処刑を拒んでいれば、三河の地は織田軍に蹂躙《じゅうりん》されていたはずだ。いかに精強とはいえ、織田の数の力には敵《かな》わない。己と部下を守るためには、妻と息子を見殺しにするしか方法はなかった。

「あれ以外、国を救う方法はなかったやもしれぬ」

惚《ほう》けた目を、三十八歳の己が向ける。

「では、儂が下した決断は間違っていなかったのか」

問いつめられて、家康は思わず視線を外した。

「ならば、正しいと言ってくれ。息子と妻を殺した、儂の決断は正しいと言えっ」

三十八歳の己の声に、家康は激しい目眩《めまい》を感じた。

抱える南蛮時計も重みを増すかのようで、たまらずに片膝をつく。

南蛮時計、13時10分を刻む。


ゆっくりと頭を上げた。

丸い顔の輪郭は、薄らとついた脂肪で少し大きくなっていた。垂れた福耳は健在で、一見すると気のいい商人のような風情だ。異様だったのは、粗末な百姓が着る単衣《ひとえ》に身をやつしていることだ。脂ぎった皮膚とは、明らかに異質である。

四十一歳の己だと、家康は悟った。この歳の六月二日、本能寺の変が起きた。その数日後のことだと悟る。この時、堺から京へと向かっていた家康は変装して危険な伊賀《いが》越えを選び、三河を目指していた。

「信長め」

かつての盟主の諱を、踏みつけるように口にした。本名を呼ぶ禁忌を犯してなお、愉悦の表情を浮かべている。

「いい気味だ。明智《あけち》ごときに寝首を掻かれるとはな」

両の口角を限界まで吊り上げて、四十一歳の己は笑っていた。

荒々しく口元を腕で拭《ぬぐ》う。

「儂に、妻と子を処刑させた天罰だ。思い知れ」

叩きつけられた言葉には、家康の五体を砕くかのような憎悪が込められていた。

「もう、儂は、誰からも何も奪われん。儂の大切なものを奪う者は、この世には存在せんぞ」

光でも浴びるように、両腕を水平に広げる。

「信長亡き今は、儂が天下人だ。明智を討ち、天下を儂のものにしてやる」

「それは違うぞ」

四十一歳の己の笑みが固まった。

家康を睨みつける。

「ふん、老人の妄言に誰が耳を貸すか。儂は三河に戻る。三河の地とその民の精強さは、百万石に勝る宝であり、武器だ。駿河遠江の財もある。武田の遺臣も味方につけた。儂は天下人になってやる」

四十一歳の己が、荒々しい足取りで近づいてくる。

「どけ」

一喝されて、家康は従順に道を空けた。

闇に抱擁されるように消えていく己を、呆然と見つめる。

南蛮時計、14時30分を刻む。


何かを舐《ねぶ》るような、あるいは食むような、そんな音がする。赤子が指をしゃぶるのに似ているが、少し違った。

家康は、慎重に足を進める。

脂肪がたっぷりとついて二重顎になった己がいた。

口のところに親指を持ってきて、しきりに爪を噛んでいる。

「どうしてだ。なぜ、儂が大坂へ行かねばならぬ」

削るように爪に歯を立てている。何回かは指の腹を噛んだようで、赤いものも流れていた。

「なぜ、敗者のように上方に頭を下げに行かねばならぬ。儂は一度たりとも負けておらぬのだぞ」

さらに激しく齧《かじ》り、爪が縦に割れた。

対峙《たいじ》するのは、四十五歳の己だ。明智光秀《みつひで》を討った羽柴《はしば》秀吉と、小牧長久手《こまきながくて》で鉾を交えた二年後の頃である。

羽柴勢の数は家康の何倍も多かったが、微塵《みじん》の怖気さえも感じなかった。精強な三河の民が駆けつけ、足軽雑兵にいたるまで一騎当千の強者《つわもの》揃いの軍勢になっていたからだ。

事実、連戦連勝で、信長時代からの宿老の森長可《もりながよし》、池田恒興《いけだつねおき》ら大名の首級を挙げるほどであった。にもかかわらず、盟主として担ぎ上げた信長の遺児・信雄《のぶかつ》が、勝手に秀吉と講和してしまう。

これにより、家康は戦《いくさ》の大義名分を失ってしまった。

「なぜ、儂が頭を下げねばならぬ。敗者は、あの猿面冠者《さるめんかじゃ》ではないか」

血が指先から滴ってもなお、指を食《は》み続ける。

「羽柴筑前に勝てぬのは、お主がよう知っておろう」

指先を嚙んでいた口が止まる。

「戦は力だけではないのだ。お主は、まだそんなこともわからんのか」

唇から指を離し、三白眼《さんぱくがん》で睨みつけてきた。垂れた福耳が、小刻みに蠢動《しゅんどう》している。

しばらく、ふたりで視線を交わらせ続けた。

南蛮時計、15時40分を刻む。

「なぜだっ」と、罵声が背後から襲ってきた。反射的に家康は振り返る。

眼前には、襖《ふすま》があった。

「どうしてなのだっ」

奥から響く声は、襖を揺らすほどだ。

先ほど四十五歳の己のいた場所には、もう人の気配はない。ただ暗闇が広がっているだけだ。

左腕で南蛮時計を抱き、右手でゆっくりと襖を開ける。

中にいたのは、四十九歳の己だ。ついた脂肪は若さを失い、顎や腹を醜く垂れ下げさせていた。

「なぜじゃ。猿めの走狗となって戦った儂が、なぜ三河を手放さねばならぬのじゃ」

顔を天に向けて絶叫していた。

四十九歳の頃、関東の北条《ほうじょう》家を討伐する軍が立ち上がる。総大将は、豊臣と改姓した天下人の秀吉だ。天下一と自負した小田原城に北条家は籠ったが、呆気《あっけ》なく投降してしまった。

戦後の論功行賞で、豊臣秀吉は恐るべきことを家康に言い放つ。徳川家を、北条家の旧領の関東へ移封するというのだ。

確かに、石高は前よりも上がる。しかし、かつての敵領である関東を治めるのは至難だ。何より、今まで育てた三河の地と民から切り離される痛手は、計り知れない。

「猿め、誰のおかげで天下人になれたと思っているのだ」

口端に白い泡を盛り上げつつ、四十九歳の己は罵《ののし》っている。

豊臣秀吉に一度も負けていないにも拘らず、家康はゆっくりと自滅に追いやられようとしていた。もし、関東で大きな一揆が起これば、それを口実に秀吉は大減封を言い渡すだろう。

いや、悪くすれば九州肥後の統治に失敗し切腹した、佐々成政《さっさなりまさ》の二の舞だ。家康にとって全てともいうべき、三河遠江駿河を奪ってなお、秀吉は物足りないのだ。

いつのまにか、四十九歳の家康が肩を大きく上下させていた。全力で走り続けたかのように、呼吸も荒い。怒り疲れたのか、両膝に手も置いている。

呼気の隙間から、声が聞こえてきた。

「そこまでして、儂を滅ぼしたいのか、猿め」

汗が雫《しずく》になって、床に落ちる。

俯《うつむ》いて、言葉を床へと零した。

「いいだろう」

射すくめるような眼光を向けられる。

「ならば、儂は貴様よりも生き抜いてやる。そして貴様の子もろとも、豊臣の家を殺し尽くしてやる」

四十九歳の己がどんな表情をしているかは、陰になってわからない。ただ鉛色に光る眼球だけが、不気味に宙に浮いていた。

数度、瞬きをした後、眼球さえも消える。


南蛮時計、19時00分を刻む。


「やっと猿めが死におったわ」

また、背後から声がした。

家康が首を向けると、己がいる。目の下の長年の隈は黒ずみ、髪は灰色だ。顔には、しみが目立つようになっていた。五十九歳の徳川家康だ。

　一昨年に豊臣秀吉は死に、関ヶ原の合戦に向かおうとする歳の頃だ。

「もう、あの猿面を見ずにすむのだ。何という僥倖《ぎょうこう》であろうか」

　弛緩した頬を揺らして笑う。

「だが、これで終わりではないぞ」

　ベロリと出した舌は、そこだけが青年のように瑞々《みずみず》しい肌色をしていた。別の生き物のように蠢《うごめ》き、老い枯れた唇を湿らす。

「儂から大切なものを奪った復讐をしてやる」

　皮がだぶつくようになった福耳を撫《な》でる。

「妻と子を殺した織田の血と、儂から三河を奪った豊臣の血を引く男を殺す」

　秀吉の遺児で、「お拾い様」と呼ばれる豊臣秀頼のことだ。

「まずは石田治部《いしだじぶ》（三成《みつなり》）ら奉行衆だ。こうるさい番犬どもを殺して、その後にゆっくりとお拾い様と淀殿を殺してやる」

　五十九歳、関ヶ原の合戦に挑む己が立ち上がる。

「織田の血を引く猿の子を嬲《なぶ》り殺しにして、復讐してやるのだ」

　皺だらけの手が伸びてきて、家康は悲鳴を上げた。

背中を見せて、駆ける。

しかし、老体の足は思うようには動いてくれない。右足で左足を蹴り、たまらず両膝をついた。懐に抱いた南蛮時計を落とさないようにする余り、強くこめかみを打つ。

痛みが退くのを待って、胸の中に視線を落とした。

抱いた南蛮時計が、鼓動するかのように時を刻んでいることに、安堵した。

金色に輝く時計の表面が、家康の顔を映し出す。

髪は灰色ではなく真っ白だった。たるんだ皮膚が目を埋《う》めそうになっている。歯もところどころ欠けていた。福耳は萎《しぼ》み、枝についたまま朽ちた柿のようだ。

背後からは、いまだ己の哄笑《こうしょう》が聞こえてくる。

南蛮時計を地に置いて、家康は両手で頭を覆った。

「よせ。もう、いいだろう」

床に額をつけて、踞《うずくま》る。

笑いが去るまでの間を、ただただ忍び耐えた。

チクタク、チクタクという音を聞きつつ、時よ早く過ぎてくれと、懇願する。

南蛮時計、23時20分を刻む。


「いつまで、そうしているつもりじゃ」

降ってきた声に、家康は肩をびくつかせた。

真っ白い髪にしおれた福耳をぶら下げた老夫が立っている。先程、南蛮時計の表面に映った己の顔によく似ている。

違うのは、目だ。

吊り上がった目尻は、瞳を大きくぎらつかせている。皮膚がたるみきった今の家康と違い、腕や足にはしっかりと肉がついている。逞しい老武者が、そこにはいた。

「どうだ、我が顔と体を見よ。これが七十三の翁《おきな》に見えるか」

二年前の己が、家康を悠然と見下ろしていた。両手を床について、従者のように仰ぎ見ることしか家康にはできない。

無形の圧に、家康の頭は地にめり込みそうになった。力をこめて、こらえる。欠けた歯を必死に食いしばった。

「今から、お拾い様と淀殿を殺しにいく。あの母子に引導を渡す軍を発する」

二年前に起こった、大坂冬の陣のことだ。

震える腕を突っ張り、何とか頭を持ち上げる。その様子を見て、七十三歳の己が冷笑した。

「待ったぞ。関ヶ原から、十五年も待った。貴様なら、この十五年の意味がわかろう」

視界が歪んだ。わからぬはずがない。六歳で人質に出されて、二十歳で妻子を見捨て、今川家から独立するまでと同じ年月だ。

「奴らに味わわせてやったのだ。儂が虐げられた十五年と、同じ年月をな。長かったぞ。今川家で人質として過ごした年月よりも、遥かに長く感じたぞ」

また舌を出して、唇を舐《な》める。さすがに以前のような鮮やかさはない。黒ずんだ赤紫色をしている。

「よせ、大坂を攻める必要などないのだ」

七十三歳の己の足元から、家康は声を必死に振り絞った。

己ほどの男ならば、軍を発する必要などはない。調略と外交で、十二分に豊臣家を無力にしうる。それがいかに容易《たやす》いかは、己自身がよく知っているではないか。

しかし、無形の圧はさらに増し、岩でも載せられたかのように体中の関節が軋んだ。

「攻めるな、だと。笑止だ。それを決断したのは、誰だ」

落とされた声は、踏ん張っていた家康の四肢から容赦なく力を奪う。冷たい床が、頬を圧迫した。顔だけでなく、胸や腹も地に伏す。眼球を動かすと、七十三歳の己の踵《かかと》が見えた。闇の奥深くへと、進んで行く。

老夫とは思えぬ、力強い足取りだった。

南蛮時計、23時30分を刻む。

悲鳴のような叫びが聞こえてきて、家康の上半身が持ち上がる。

「堀など埋めてしまえ」

己の声だと悟った。

満を持して軍を発した家康だったが、大坂冬の陣は豊臣方が優勢だった。そこで家康は一計を案じる。大量の大筒を天守閣に向けて、昼夜の別なく射ち込んだのだ。轟く砲声に恐怖した淀殿は講和に応じ、その条件として大坂城の堀を埋めることに決まった。

ただし外堀だけで、最後の鎧ともいうべき内堀は残すと約定《やくじょう》した。

「全ての堀を埋めるのだ。外堀だけでなく、内堀もだ」

己の叫びに、家康の五体は震えた。

「約定だと。そんなものは、構わん。約定など、破るためにあるのだ」

目を瞑《つぶ》ると、己の前にひれ伏す諸将の様子が蘇《よみがえ》る。その中には前田《まえだ》、福島《ふくしま》、蜂須賀《はちすか》などの、豊臣恩顧の大名が多くいる。

「堀はお主らが埋めよ」

豊臣恩顧の大名たちの顔が歪んでいたのは、一瞬だけだった。媚《こ》びへつらう笑いで、必死に取り繕い出す。

「内堀を埋めて、お拾い様と淀殿のいる大坂城を丸裸にしてやれ」

その声が発せられたのは、闇の向こう側ではなかった。己の奥底からだ。滴るような自身の殺意に、思わず家康は瞼を上げた。

真っ暗な駿府城内に戻る。

呼吸を整えてから、立ち上がった。

足元から、チクタク、チクタクと音がする。

両手で南蛮時計を持ち、歩みを進めた。

南蛮時計、23時40分を刻む。


ずっと暗闇は続いていた。

「お拾い様と淀殿を焼け」

轟いた声に、思わず足を止める。

「焼き殺せ。儂にたてつく織田と豊臣の血を根絶やしにしろ」

下がりそうになる足を必死に自制する。

「いや、それだけでは足りぬ」

叫びが、家康の中心を矢尻《やじり》のように貫いた。

「大坂の民も殺せ。太閤家を慕い城に籠った民全てを殺し、町を焼くのだ」

あまりに醜悪な声に、家康は両手で耳を塞《ふさ》いだ。

拍子に、南蛮時計が落下する。それは足元の闇に沈み、井戸の奈落へと吸いこまれるように小さくなっていく。

やがて点になり、完全に見えなくなった時、過去の己の叫びも途絶えた。

ゆっくりと闇が薄まっていく。

襖が目の前に屹立《きつりつ》している。

そろりそろりと手をやり、音を立てぬように襖を開く。畳敷きの広い寝室には、一本の燭台が頼りない灯りを点していた。錦布団があり、ひとりの老夫が寝ている。枕元には、金色に輝く南蛮時計があった。

チクタク、チクタク。
チクタク、チクタク。

何事もなかったかのように、時を律儀に刻み続けている。
足音を立てぬように中へと入り、南蛮時計の文字盤を見た。

南蛮時計、23時59分を刻む。

七十五歳の家康が、七十五歳の己を見下ろしている。垂れた瞼は目を塞ぐかのようで、筋肉の落ちた体はあちこちの皮膚がだらしなく弛緩しているのがわかった。指を使えば、蜜柑《みかん》の皮を剝《む》くように、皮膚を剝いてしまえそうだ。

弱々しい息は、南蛮時計の音が邪魔でほとんど聞こえない。

膝をついて、手をやった。七十五歳の己の体を触って診た。胃の部分に、大きなしこりができている。少し圧を加えただけで、苦しげな声が漏れる。

息の合間に、家康は唇を戦慄かせていた。何事かを伝えるために、言葉を発しようとしている。

体を折り曲げて、耳を近づけたが聞こえない。

顔を引き剝がしてもなお、病床の家康は唇を動かし続けている。必死に何度も。

まるで念仏でも唱えるかのように。

視界の隅にある南蛮時計の長短ふたつの針が、頂点にある『Ⅻ』という文字を差そうとしている。この南蛮時計が、己自身の一生を一日として見せているのだと理解した。

そして、その一日が終わろうとしている。

つまり、己の寿命が尽きるのだ。

自身を見下ろして、「長かった」と呟いた。

「よくぞ、あの長い一生を生き抜いた」と、声をかけてやる。

今川義元、織田信長、豊臣秀吉、天下人に苦しめられ続けた一生であった。

ふと、織田信長が愛した『敦盛《あつもり》』という幸若舞《こうわかまい》の一節を思い出す。

——人間《じんかん》五十年、下天の内をくらぶれば夢まぼろしのごとくなり。

人間世界の五十年が一日にあたる下天の神から見れば、家康の一生など一日半にすぎない。

いや、応仁の乱から続いた乱世自体も、二百年が一日にあたる夜摩天《やまてん》の神々にとっては一日に満たないし、千六百年が人間界の一日である他化自在天《たけじざいてん》の神々にとっては、一刻よりも短い。

目を下にやる。餌をねだる鯉のように、病床の家康は必死に言葉を紡ごうとしている。

「もう、戦わんでもよいのじゃ、竹千代」

病床で寝る己を、かつての幼名で呼ぶ。耳に届いたのか、唇が大きく震え出した。

「お、おおぅう」

苦悶とも喜悦ともとれる嗚咽《おえつ》を上げる。

家康が最期に何を言い残したいか、理解することができた。

「儂は、お主を許してやることはできぬ。お主が許しを乞うているのは、儂ではないだろう」

亡き妻や嫡男、そして騙《だま》し殺した全ての者に許しを乞うているのだ。

「儂には許すことはできん。ただ、よう頑張ったと、労《ねぎら》ってやることしかできん」

唇を一旦、固く閉じた。

しばらく黙考して、また口を開ける。

「やはり、無理だ。儂は……、お主を許してやることはできん。すまぬ、許してくれ」

最後の言葉は、病床の己に向けたものだったのだろうか。それとも、見殺しにした妻や子へのものだったのだろうか。

あるいは、殺した全ての敵に対してのものだったかもしれない。

どれが正しいかは、自身でも判じることはできない。

錦布団をどけ、皮膚がたるむ細い腕をとった。指を手首にやり、脈を読む。

チクタク、チクタクと、時を刻む南蛮時計と拍子を合わせるような脈は、徐々に遅くなり弱まっていく。上下していた喉の動きも緩慢になっている。

指の腹を押し返すようだった脈は、極限まで弱々しくなった。もう限界だと、悲鳴を上げるかのように聞こえる。

家康は、己の手首を解放した。

掌を動かして己の顔へとやる。

瞼を、ゆっくりと閉ざす。
その瞬間、南蛮時計は最後の時を刻む。
長短ふたつの針が『Ⅻ』を差して、重なった。

元和二年四月十七日、巳の刻。
徳川家康の死をもって、応仁の乱以来百五十年続いた乱世は終幕した。

【参考文献】

『新編武家事紀』山鹿素行著（新人物往来社）
『豊臣秀頼』福田千鶴著（吉川弘文館）
『伊達治家記録』平重道責任編集（宝文堂出版販売）
『戦史ドキュメント　桶狭間の戦い』小和田哲男著（学習研究社）
『戦史ドキュメント　川中島の戦い』平山優著（学習研究社）
『「山本菅助」の実像を探る』山梨県立博物館監修・海老沼真治編（戎光祥出版）
『決定版　日本の剣術』歴史群像編集部編（学研パブリッシング）
『家康公の時計　四百年を越えた奇跡』落合偉洲著（平凡社）

解説

田口幹人《たぐちみきと》
（書店員）

長い歴史の中には、運命を分けた節目《ふしめ》と呼べる出来事がたくさんあった。特に戦国時代多くの大名が群雄割拠した動乱の時代だからだろうか、節目が他の時代よりも濃いのではないかと感じる。歴史好きの方々の多くが戦国時代に集中しているのもその所以《ゆえん》なのかもしれない。

戦国時代を生き抜き、名を残した武将たちの最期《さいご》という節目に注目して描いたのが、本書『戦国十二刻　終わりのとき』（初刊行時のタイトルは『戦国24時　さいごの刻《とき》』）だ。本書は、豊臣秀頼《とよとみひでより》、伊達輝宗《だててるむね》、今川義元《いまがわよしもと》、山本勘助《やまもとかんすけ》、足利義輝《あしかがよしてる》、徳川家康《とくがわいえやす》という、戦国の世を代表する六人の武将の最小の歴史である最期の一日に焦点を定めて書かれた六つの物語からなる連作短編集である。

それぞれの武将の一生のうち、著者が切り取ったのは、たったの24時間。しかし、この24時間は、彼らの人生すべてが注ぎ込まれているのではないかと思えるほど濃密で刺激的な時間だった。

歴史に名を残す六人の武将達の人生は、史実を基に語られる機会も多く、いずれもその最期のときが、どんな形だったのかは多くの人たちが知っているはずなのに、三刻前、二刻前、一刻前という最期へのカウントダウンをしながら進む物語は、最後まで緩むことがない緊張感の中で、手に汗握り読み進めることができるのだ。

史実に創作を巧みに織り交ぜることにより、読む者を物語の世界に一気に引き込んでいく。著者は、それぞれの事件に対するしっかりとした仮説を持っていて、その仮説を謎解きの要素として取り入れることにより、既成概念の縛りが強い時代小説というジャンルにおいて、そのくびきを取り払い、歴史を多面的に捉えることの楽しさを教えてくれた。

一方で、忠実に史実を織り込み土台とした上に、物語を24時間という時間の幅を限定して設定し組み立て、前後の時の経過を読者の想像に委ねることで、幾通りもの結末の可能性を作り出し、仮説を組み込んだ結末を、より一層印象付けるという巧みな構成に、著者のしたたかさを実感することができるのだ。

本書には、「大坂夏の陣で、豊臣秀頼が死ぬまでの24時間」「伊達政宗《まさむね》が父、輝宗を射殺するまでの24時間」「桶狭間にて、今川義元が討ち死にするまでの24時間」「武田信玄《たけだしんげん》の家臣、山本勘助戦死までの24時間」「将軍足利義輝、御所での闘死までの24時間」そして、

「戦国の世に幕を引いた、徳川家康最期の24時間」という歴史の大事に至るまでの計六日間の物語が収録されている。

　著者のしたたかさがもっとも現れていたのが、豊臣秀頼最期の24時間を描く「お拾い様」だろう。24時間という限定されて編まれた物語にある奥行きの深さは、収録されている短編の中でも群を抜いていた。

　大坂夏の陣という、小説や映画等、様々な媒体で題材として取り上げられてきた歴史上の大事。歴史に明るくない方々であっても、漠然とその歴史の一ページがどんな過程の中で起こったのかを知っている人は多いだろう。ましてや、歴史好きの方々にとっては説明するまでもないだろう。

　本編には、冬の陣終了から夏の陣に至るまでの経緯は詳しく描かれていないが、和睦の条件の中にあった大坂城の堀の埋め立て案件における徳川方と豊臣方の思惑の違いや、内堀までも埋め立てられ裸城となった大坂城の緊迫感とは真逆の徳川方のゆとりが、さりげなく織り交ぜられ、物語が進んでいく。

　そして、ついに幕府軍との間で戦いの火ぶたが切られることになるのだが、密通者が相次ぎ、豊臣方は各地で負け戦が続いた。劣勢の中、秀頼は大坂城の門の前で出陣のタイミングを計っていた。

おおー、おおー。

この展開こそ、いよいよ大坂夏の陣と豊臣家の最後へのカウントダウンである。忠実に史実を織り込み下地としたほんのわずかな記述が、読む者に既成概念として植え付けられている歴史上のストーリーを思い起こさせる。

本来は、豊臣方の有力武将の寝返りが相次ぎ、わざわざ殺されにいくようなことをすることを避けるために、秀頼の出陣が取りやめられたと記憶している。

歴史の結末を知る僕たちは、大坂夏の陣の戦いで、豊臣家が滅亡するという史実を知っている。読み進めるうちに、秀頼が見せる滅びの美学への期待とともに、それでも生き延びようとする人間味を垣間見られることへの期待が徐々に膨れ上がるのだ。

幾通りもの結末の可能性の肝《きも》としてここで著者が用意したのは、江戸以降の軍記物で、秀頼の母・淀殿《よどどの》に仮託された負のイメージだった。拾った捨て子は育つという俗信を父・秀吉《ひでよし》が信じていたため、生まれたばかりの秀頼は道に置かれ家臣に拾われた。そのため、幼少期、「お拾い様」と呼ばれていた秀頼と秀頼を拾う役を引き受けた松浦《まつうら》という存在と、淀殿の愚かな振る舞いを結びつけた結末の斬新さに、どんでん返し以上の衝撃を受けた。読み終えた時、こんな展開があったとは、という驚きを通り越して感動したことを鮮明に覚えている。

山本勘助戦死までの24時間を描く「山本勘助の正体」は、謎の多い人物である山本勘助の正体についての著者の仮説から生まれた物語となっている。多くの武将を配下にしていた武田信玄。その配下の代表的な軍師の一人として活躍したとされているのが山本勘助だ。架空の人物だともいわれ、作り上げられた理想の軍師として語られることも多かった人物でもある。山本菅助の名前が記載された書状が見つかったことで、勘助は実在の人物だと証明されたのもそんな昔の話ではない。

しかし、実在する人物であったことは証明された勘助だが、その存在はいまだに多くの謎に包まれている。

著者は、そこに意外な仮説をぶつけてみせたのだ。

川中島の合戦における「啄木鳥《きつつき》の戦法」という、山本勘助が軍師であったことを推測される根拠とされている事案を軸として、山本勘助という存在にせまってゆく。軍師として活躍していたと願いたい歴史上の人物の一人である山本勘助は、著者の仮説ではどんな人物だったのかは、読んで確かめていただきたい。

剣豪将軍として知られる足利義輝の最期の一日を描いた「公方様の一ノ太刀」では、塚《つか》原卜伝《はらぼくでん》を登場させ、太刀筋と鹿島新当流の奥義を授けられた逸話を差し込んできた。奥義を極めるに至る過程での高上奥位十箇ノ太刀《こうじょうおくいじっかのたち》の最後の一太刀が持つ意味に込めた著者の仮説は、多くの剣豪小説ファンの心を鷲掴みにするだろう。

伊達政宗を描いた「子よ、剽悍《ひょうかん》なれ」では、歴史ファンの共通の疑問であろう、「伊達政宗は右目が見えないという状況で、どのようにして鉄砲を操ったのか？」という疑問に一つの仮説で答えてみせた。

歴史時代小説は、史実があるため最初からネタバレしているのは宿命であるが、本書はそれを上書きさえしてみせる大胆な仮説に基づいた創作の面白さを存分に実感させてくれる。

本書は、まさに既成概念の多い時代小説に新機軸を生み出した画期的な快作と言えるのではないだろうか。

〈初出〉
「お拾い様」（「小説宝石」二〇一六年一月号）
「子よ、剽悍なれ」単行本刊行時に書下ろし
「桶狭間の幽霊」（「小説宝石」二〇一六年四月号）
「山本勘助の正体」（「小説宝石」二〇一六年二月号）（「山本勘助の最期」改題）
「公方様の一ノ太刀」（「小説宝石」二〇一六年五月号）
「さいごの一日」単行本刊行時に書下ろし

二〇一六年九月　光文社刊

光文社文庫

戦《せん》国《ごく》十《じゅう》二《に》刻《こく》 終《お》わりのとき

著者 木《きの》下《した》昌《まさ》輝《き》

2019年7月20日 初版1刷発行

発行者 鈴木広和
印刷 堀内印刷
製本 ナショナル製本

発行所 株式会社 光文社
〒112-8011 東京都文京区音羽1-16-6
電話 (03)5395-8149 編集部
8116 書籍販売部
8125 業務部

ISBN978-4-334-77884-2 Printed in Japan

組版 萩原印刷

光文社時代小説文庫　好評既刊

城を噛ませた男　伊東潤
巨鯨の海　伊東潤
鯨分限　伊東潤
うろこ雲　稲葉稔
恋わずらい　稲葉稔
縁むすび　稲葉稔
剣客船頭　稲葉稔
天神橋心中　稲葉稔
思川契り　稲葉稔
妻恋河岸　稲葉稔
深川思恋　稲葉稔
洲崎雪舞　稲葉稔
決闘柳橋　稲葉稔
本所騒乱　稲葉稔
紅川疾走　稲葉稔
浜町堀異変　稲葉稔
死闘向島　稲葉稔

どんど橋　稲葉稔
みれん堀　稲葉稔
別れの川　稲葉稔
橋場之渡　稲葉稔
油堀の女　稲葉稔
涙の万年橋　稲葉稔
爺子河岸　稲葉稔
永代橋の乱　稲葉稔
男泣き川　稲葉稔
隠密船頭　稲葉稔
逢魔が山　犬飼六岐
戯作者銘々伝　井上ひさし
馬喰八十八伝　井上ひさし
おくうたま　岩井三四二
光秀曜変　岩井三四二
三成の不思議なる条々　岩井三四二
甘露梅　宇江佐真理

光文社時代小説文庫　好評既刊

KOBUNSHA